國家圖書館出版品預行編目(CIP)資料

印尼人的生活華語 = Bahasa Mandarin Sehari - Hari Orang Indonesia/
陳玉順編著. -- 初版. -- 新北市：智寬文化事業有限公司, 2023.08
　　面 ; 　公分 （外語學習系列 ; A026）
ISBN 978-986-99111-6-0(平裝)
1.CST: 漢語 2.CST: 讀本
802.86　　　　　　　　　　　　1

U0082571

音檔請擇一下載
下載點A　　下載點B

外語學習系列 A026
印尼人的生活華語 (附QR Code音檔)
2023年9月　初版第1刷

作者　　　　　　陳玉順
錄音者　　　　　陳玉順／常青
出版者　　　　　智寬文化事業有限公司
地址　　　　　　235新北市中和區中山路二段409號5樓
E-mail　　　　　john620220@hotmail.com
電話　　　　　　02-77312238．02-82215078
傳真　　　　　　02-82215075
錄音室　　　　　三雅錄音有限公司
印刷者　　　　　永光彩色印刷股份有限公司
總經銷　　　　　紅螞蟻圖書有限公司
地址　　　　　　114台北市內湖區舊宗路2段121巷19號
電話　　　　　　02-27953656
傳真　　　　　　02-27954100
定價　　　　　　新台幣350元
郵政劃撥．戶名　50173486．智寬文化事業有限公司

序

中文是世界上最古老和最廣泛使用的語言之一。學習中文可以讓我們更深入地了解中國這個歷史悠久、多元豐富的國家，也可以讓我們更好地與華人建立友誼和合作。

印尼是東南亞最大的國家，印尼人學習中文不僅有利於促進台印兩國之間的經貿、教育、旅遊、文化等領域的交流，也有助於提升印尼人自身的競爭力和發展潛力。隨著台灣在國際舞台上的影響力不斷增強，掌握中文將成為印尼人在未來取得成功的重要資本。

本書是一本專為印尼人設計的中文學習教材，它從印尼人的學習需求出發，採用生活化、實用化的方式，幫助印尼人從零基礎開始，可用印尼語的發音來拼讀出中文的發音，不用認識中文字就可輕鬆開口說出流利中文，逐步掌握中文的聽說讀能力。本書涵蓋了日常生活、工作、旅遊以及新住民等各種場景和話題。

我們希望本書能夠成為印尼人學習中文的好幫手，也希望透過本書能夠拉近印尼人和台灣人之間的距離，增進兩國人民之間的友好。讓我們一起開啟這段精彩的中文學習之旅吧！

KATA PENGANTAR

Bhs. Mandarin adalah bahasa yang paling tua dan salah satu bahasa yang paling banyak di gunakan di dunia . Belajar bhs. Mandarin dapat membuat kita semakin memahami sejarah China yang sudah ada sedemikian lamanya dan China merupakan Negara yang makmur dan mempunyai kebudayaan yang beraneka ragam jadi belajar bhs. Mandarin membuat kita dapat membangun persahabatan dan kerja sama dengan orang China .

Indonesia adalah Negara yang paling besar di Asia Tenggara , Orang Indonesia belajar bhs mandarin bukan saja dapat membantu mempromosikan perdagangan , pendidikan , pariwisata , pertukaran kebudayaan antara Indonesia dan Taiwan juga dapat membantu meningkatkan daya saing dan potensi untuk mengembangkan diri sendiri. Seiring dengan pengaruh Taiwan yang semakin lama semakin kuat di kancah international maka dengan menguasai bhs. Mandarin merupakan modal yang penting bagi orang Indonesia untuk memperoleh keberhasilan .

Buku ini adalah sebuah buku pelajaran dasar yang khusus di karang untuk orang Indonesia belajar bhs. Mandarin , dengan menggunakan cara yang praktis dan diambil dari kehidupan sehari – hari , huruf bhs. Mandarin dibaca dengan pengucapan lafal bhs. Indonesia sehingga tidak perlu mengerti tulisan China untuk dapat lancar berbicara bhs mandarin dan secara tahap demi tahap mempunyai kemampuan untuk mendengar , berbicara , membaca . Buku ini berisi kehidupan sehari – hari , pekerjaan , pariwisata dan serba serbi hal yang berkaitan dengan penduduk imigran baru

Kami mengharapkan buku ini dapat menjadi alat bantu yang handal untuk orang Indonesia belajar bhs. mandarin dan melalui buku ini dapat meningkatkan hubungan dan memperkecil jarak antara orang Taiwan dan orang Indonesia . Mari kita bersama – sama memulai belajar bhs. mandarin yang menarik ini .

目_{ㄇㄨˋ}錄_{ㄌㄨˋ} Daftar Isi

新住民篇
Bagian Penduduk Imigran Baru

注音符號字母表

Daftar Aksara Zhu Yin

聲調 Nada Suara		
	注音符號 Aksara Zhu Yin	印尼語符號 Cara Baca Bhs. Mandarin
一聲 Suara 1 yaitu suara datar		1
二聲 Suara 2 yaitu suara naik ke atas	ˊ	2
三聲 Suara 3 yaitu suara melengkung ke bawah	ˇ	3
四聲 Suara 4 yaitu suara menukik tajam ke bawah	ˋ	4
嘴巴嘟嘟 Bibir monyong		*
輕聲 Suara ringan	˙	1

■ 聲調練習 Latihan Nada Suara 🎙 1-00

一聲 Suara satu	衣ㄧ I1	八ㄅㄚ Pa1
二聲 Suara dua	疑ㄧ I2	拔ㄅㄚ Pa2
三聲 Suara tiga	以ㄧ I3	把ㄅㄚ Pa3
四聲 Suara empat	易ㄧ I4	爸ㄅㄚ Pa4

輕聲 Suara Ringan
的ㄉ Te1
了ㄌ Le1
吧ㄅㄚ Pa1

7

聲母表 Daftar Alfabet			
注音符號 Aksara Zhu Yin	印尼語拼音 Cara Baca Bhs. Mandarin	注音符號 Aksara Zhu Yin	印尼語拼音 Cara Baca Bhs. Mandarin
ㄅ	pe	ㄐ	ci
ㄆ	phe	ㄑ	chi
ㄇ	me	ㄒ	si
ㄈ	fe	ㄓ	zhe
ㄉ	te	ㄔ	che
ㄊ	the	ㄕ	she
ㄋ	ne	ㄖ	re
ㄌ	le	ㄗ	ze
ㄍ	ke	ㄘ	ce
ㄎ	khe	ㄙ	ses
ㄏ	he		

韻母表 Daftar Huruf Hidup

注音符號 Aksara Zhu Yin	印尼語拼音 Cara Baca Bhs. Mandarin	注音符號 Aksara Zhu Yin	印尼語拼音 Cara Baca Bhs. Mandarin
ㄚ	a	ㄧㄢ	yen
ㄛ	o	ㄧㄣ	in
ㄜ	e	ㄧㄤ	yang
ㄝ	e	ㄧㄥ	ing
ㄞ	ai	ㄨ	u
ㄟ	ei	ㄨㄚ	wa
ㄠ	ao	ㄨㄛ	wo
ㄡ	ou	ㄨㄞ	wai
ㄢ	an	ㄨㄟ	wei
ㄣ	en	ㄨㄢ	wan
ㄤ	ang	ㄨㄣ	wen
ㄥ	eng	ㄨㄤ	wang
ㄦ	er	ㄨㄥ	ong
ㄧ	i	ㄩ	i
ㄧㄚ	ya	ㄩㄝ	ie
ㄧㄝ	ye	ㄩㄢ	ien
ㄧㄞ	yai	ㄩㄣ	in
ㄧㄠ	yao	ㄩㄥ	ing
ㄧㄡ	yo		

旅遊篇

Li*3 Yo2 Phian1

Bagian pariwisata

一、機票 Ci1 Phiau4	Tiket Pesawat Terbang
我要 Wo3 Yau4　付現金 Fu4 Sien4 Cin1	Saya mau <u>bayar tunai</u>
轉帳給你 Cuan3 Cang4 Kei3 Ni3	Saya mau <u>transfer uang ke kamu</u>
刷卡 Sua1 Kha3	Saya mau <u>bayar dengan credit card</u>
票務 Phiau4 U4	Ticketing
單程票 Tan1 Cheng2 Phiau4	Tiket sekali jalan
來回票 Lai2 Huei2 Phiau4	Tiket pulang pergi
訂位 Ting4 Wei4	Pesan tempat
開放訂位 Khai1 Fang4 Ting4 Wei4	Mulai pesan tiket
訂位代號 Ting4 Wei4 Tai4 Hau4	Nomor pesan tempat
訂位狀況 Ting4 Wei4 Cuang4 Khuang4	Status pemesanan tempat

時差 Se2 Cha1	Perbedaan waktu antar Negara
候補 Ho4 Pu3	Cadangan , waiting list
有位子 Yo3 Wei4 Ce1	Ada tempat duduk
沒有位子 Mei2 Yo3 Wei4 Ce1	Tidak ada tempat duduk
訂機票 Ting4 Ci1 Phiau4	Pesan tiket pesawat
網路訂位 Wang3 Lu4 Ting4 Wei4	Pesan tempat di internet
取消 Chi*3 Siau1	Membatalkan
更改行程 Keng1 Kai3 Sing2 Cheng2	Rubah rute perjalanan
訂位候補 Ting4 Wei4 Ho4 Pu3	Status pesan tempat adalah cadangan
在網路買機票 Cai4 Wang3 Lu4 Mai3 Ci1 Phiau4	Beli tiket pesawat terbang di internet
線上買機票 Sien4 Sang4 Mai3 Ci1 Phiau4	Beli tiket pesawat terbang di internet

收據列印 So1 Ci*4 Lie4 In4	Print bon
付款 Fu4 Khuan3	Membayar
退票 Thuei4 Phiau4	Tiket yang sudah dibeli di batalkan , refund
退票申請 Thuei4 Phiau4 Sen1 Ching3	Mengajukan permohonan pembatalan tiket
開票 Khai1 Phiau4	Buka tiket
購票證明單 Ko4 Phiau4 Ceng4 Ming2 Tan1	Bon bukti pembelian tiket
買一送一 Mai3 I1 Sung4 I1	Beli satu gratis satu
旅行社 Li*3 Sing2 Se4	Biro perjalanan umum , travel agent
票種 Phiau4 Cong3	Jenis tiket
票價 Phiau4 Cia4	Harga tiket
不同售價 Pu4 Thong2 So4 Cia4	Beda harga jual

淡季 Tan4 Ci4	Musim sepi
旺季 Wang4 Ci4	Musim ramai
暑假 Su3 Cia4	Liburan musim panas
寒假 Han2 Cia4	Liburan musim dingin
旅遊票 Li*3 Yo2 Phiau4	Tiket jalan – jalan
一般票 I4 Pan1 Phiau4	Tiket biasa , tiket normal
一個月票 I2 Ke1 Yue4 Phiau4	Tiket 1 bulan
三個月票 San1 Ke1 Yue4 Phiau4	Tiket 3 bulan
年票 Nien2 Phiau4	Tiket 1 tahun
普通票 Phu3 Thong1 Phiau4	Tiket biasa , tiket normal
優惠票 Yo1 Huei4 Phiau4	Tiket pesawat harga murah

特價機票 The4 Cia4 Ci1 Phiau4	Tiket pesawat harga khusus
廉價航空機票 Lien2 Cia4 Hang2 Khong1 Ci1 Phiau4	Tiket pesawat airlines murah
早鳥票 Cau3 Niau3 Phiau4	Tiket yang di pesan jauh hari sebelumnya
機票促銷 Ci1 Phiau4 Cu4 Siau1	Promosi tiket
機票比價 Ci1 Phiau4 Pi3 Cia4	Banding- bandingkan harga tiket
機票訂購 Ci1 Phiau4 Ting4 Ko4	Pesan tiket
國際機票 Kuo2 Ci4 Ci1 Phiau4	Tiket international
國內機票 Kuo2 Nei4 Ci1 Phiau4	Tiket domestik
很貴 Hen3 Kuei4	Sangat mahal
兩個禮拜票 Liang3 Ke1 Li3 Pai4 Phiau4	Tiket 2 minggu
年票 Nien2 Phiau4	Tiket setahun

三個月票 San1 Ke1 Yue4 Phiau4	Tiket 3 bulan
班機 Pan1 Ci1	Flight
航班 Hang2 Pan1	Flight pesawat
飛航時間 Fei1 Hang2 Se2 Cien1	Lamanya terbang
調動航班 Thiau4 Tung4 Hang2 Pan1	Perubahan jadwal flight pesawat
航班優惠 Hang2 Pan1 Yo1 Huei4	Discount airlines
同班機 Thong2 Pan1 Ci1	Flight pesawat yang sama
不同班機 Pu4 Thong2 Pan1 Ci1	Flight pesawat yang tidak sama
里程數 Li3 Cheng2 Su4	Point perjalanan
累積里程數 Lei3 Ci1 Li3 Cheng2 Su4	Mengumpulkan point perjalanan
兌換機票 Tuei4 Huan4 Ci1 Phiau4	Menukar dengan tiket pesawat

機艙升等 Ci1 Cang1 Seng1 Teng3	Upgrade kelas pesawat terbang
抵達時間 Ti3 Ta2 Se2 Cien1	Waktu berangkat pesawat
搭機時間 Ta1 Ci1 Se2 Cien1	Waktu naik pesawat
班機起飛 Pan1 Ci1 Chi3 Fei1	Jam pesawat berangkat
目的地 Mu4 Ti4 Ti4	Waktu tiba di tujuan
轉機 Cuan3 Ci1	Pindah pesawat
直飛 Ce2 Fei1	Pesawat langsung ke tempat tujuan
旅客姓名 Li*3 Khe4 Sing4 Ming2	Nama penumpang
行程 Sing2 Cheng2	Rute
班機號碼 Pan1 Ci1 Hau4 Ma3	Nomor pesawat terbang
出發日期 Chu1 Fa1 Re4 Chi2	Tgl berangkat

航空公司 Hang2 Khong1 Kung1 Ses1	Airlines
航空公司官網 Hang2 Khong1 Kung1 Ses1 Kuan1 Wang3	Website airlines
航空公司網站 Hang2 Khong1 Kung1 Ses1 Wang3 Can4	Website airlines
官方網站 Kuan1 Fang1 Wang3 Can4	Official website
拖運行李限制 Tho1 In*4 Sing2 Li3 Sien4 Ce4	Batas berat maksimum koper
23 公斤 El4 Se2 San1 Kung1 Cin1	23kg
手提行李 So3 Thi2 Sing2 Li3	Koper yang bisa di bawa oleh penumpang
7 公斤 Chi1 Kung1 Cin1	7 kg
航班取消 Hang2 Pan1 Chi*3 Siau1	Flight pesawat di batalkan
異動航班 I4 Tung4 Hang2 Pan1	Perubahan jadwal flight pesawat
班機停飛 Pan1 Ci1 Thing2 Fei1	Berhenti flight pesawat

班機延後 Pan1 Ci1 Yen2 Ho4	Penerbangan terlambat
印尼航空 In4 Ni2 Hang2 Khong1	Airlines Indonesia
嘉魯達印尼航空 Cia1 Lu3 Ta2 In4 Ni2 Hang2 Khong1	Garuda Airlines
獅子航空 Se1 Ce1 Hang2 Khong1	Lion Air
華航 Hua2 Hang2	China Airlines
中華航空 Cung1 Hua2 Hang2 Khong1	
長榮 Chang2 Rong2	Eva Air
長榮航空 Chang2 Rong2 Hang2 Khong1	
國泰航空 Kuo2 Thai4 Hang2 Khong1	Cathay Pacific Airways
航空公司會員 Hang2 Khong1 Kung1 Ses1 Huei4 Yuen2	Member perusahaan penerbangan
頭等艙 Tho2 Theng3 Chang1	Tiket First Class

商務艙 Sang1 U4 Chang1	Tiket bisnis
經濟艙 Cing1 Ci4 Chang1	Tiket ekonomi
學生票 Sue2 Seng1 Phiau4	Tiket pelajar
電子機票 Tien4 Ce3 Ci1 Phiau4	Tiket elektronik
團體票 Thuan2 Thi3 Phiau4	Tiket group
打電話給客服人員 Ta3 Tien4 Hua4 Kei3 Khe4 Fu2 Ren2 Yuen2	Menelepon ke customer service
注意事項 Cu4 I4 Se4 Siang4	Hal yang harus diperhatikan
最划算 Cuei4 Hua2 Suan4	Yang paling menguntungkan
不能更改 Pu4 Neng2 Keng1 Kai3	Tidak bisa dirubah
更改要費用 Keng1 Kai3 Yau4 Fei4 Yung4	Dirubah harus bayar
訂票要馬上開票， Ting4 Phiau4 Yau4 Ma3 Sang4 Khai1 Phiau4	Pesan tiket harus langsung di bayar tiketnya ,

位子不保留。 Wei4 Ce1 Pu4 Pau3 Lio2	Tempat duduk tidak bisa di cadangkan .
我要買來回票， Wo3 Yau4 Mai3 Lai2 Huei2 Phiau4	Saya mau beli tiket pulang pergi
12 月 25 日雅加達到新加坡， Se2 El4 Yue4 El4 Se2 U3 Re4 Ya3 Cia1 Ta2 Tau4 Sin1 Cia1 Pho1	Tgl 25 desember Jakarta ke Singapura
1 月 2 日回雅加達， I1 Yue4 El4 Re4 Huei2 Ya3 Cia1 Ta2	Tgl 2 Januari balik ke Jakarta
經濟艙就可以了， 謝謝。 Cing1 Cing4 Chang1 Cio4 Khe3 I3 Le1, Sie4 Sie1	Kelas ekonomi saja , terima kasih

🔊 1-02

二、飯店 ㄈㄢ ㄉㄧㄢ Fan4 Tien4	Hotel
我要訂 Wo3 Yau4 Ting4　雙人房 Suang1 Ren2 Fang2	Saya ingin memesan <u>kamar untuk 2 orang</u>
四人房 Se4 Ren2 Fang2	Saya ingin memesan <u>kamar untuk 4 orang</u>
海景房 Hai3 Cing3 Fang2	Saya ingin memesan <u>kamar yang dapat melihat pemandangan laut</u>
大飯店 Ta4 Fan4 Tien4	Hotel
酒店 Cio3 Tien	Hotel
旅館 Li*3 Kuan3	Motel
時尚旅館 Se2 Sang4 Li*3 Kuan3	Motel yang mengikuti trend zaman
民宿 Min2 Su4	Tempat tinggal penduduk yang dijadikan hotel
別墅 Pie2 Su4	Villa
汽車旅館 Chi4 Che1 Li*3 Kuan3	Hotel yang khusus ada tempat parkir mobil

幾星？ Ci3 Sing1 ?	Bintang berapa ?
五星級飯店 U3 Sing1 Ci2 Fan4 Tien4	Hotel bintang lima
平價酒店 Phing2 Cia4 Cio3 Tien4	Hotel murah
溫泉酒店 Wen1 Cuen2 Cio3 Tien4	Hotel yang ada fasilitas SPA
泡湯住宿 Phau4 Thang1 Cu4 Su4	Tempat tinggal yang ada tempat berendam air
泡裸湯 Phau4 Luo3 Thang1	Daerah tempat berendam dalam keadaan telanjang bulat
穿泳衣 Chuan1 Yong3 I1	Pakai baju renang
室內的泡湯區 Se4 Nei4 Te1 Phau4 Thang1 Chi*1	Daerah tempat berendam dalam ruangan
室外的泡湯區 Se4 Wai4 Te1 Phau4 Thang1 Chi*1	Daerah tempat berendam di luar ruangan
休息區 Sio1 Si2 Ci*1	Tempat istirahat
準備茶點和飲料 Cun3 Pei4 Cha2 Tien3 He2 In3 Liau4	Menyediakan makanan kecil dan minuman

運動飲料 In*4 Tung4 In3 Liau4	Minuman untuk meningkatkan stamina tubuh
入住日期 Ru4 Cu4 Re4 Chi2	Tgl mulai tinggal di hotel
房間 Fang2 Cien1	Kamar
訂房 Ting4 Fang2	Pesan kamar
訂滿 Ting4 Man3	Pesan tempat penuh
單人床 Tan1 Ren2 Chuang2	Ranjang untuk tidur satu orang
雙人床 Suang1 Ren2 Chuang2	Ranjang untuk tidur dua orang
雙人房 Suang1 Ren2 Fang2	Kamar dengan 2 ranjang
三人房 San1 Ren2 Fang2	Kamar dengan 3 ranjang
高級房 Kau1 Ci2 Fang2	Kamar superior
標準房 Piau1 Cun3 Fang2	Kamar standard

豪華房 Hau2 Hua2 Fang2	Kamar deluxe
精簡小巧房 Cing1 Cien3 Siau3 Chiau3 Fang2	Kamar studio
套房 Thau4 Fang2	Kamar suite
商務房 Sang1 U4 Fang2	Business Room
園景房 Yuen2 Cing3 Fang2	Kamar yang dapat melihat pemandangan taman
市景房 Se4 Cing3 Fang2	Kamar yang dapat melihat pemandangan kota
海景房 Hai3 Cing3 Fang2	Kamar yang dapat melihat pemandangan laut
房間明亮舒適 Fang2 Cien1 Ming2 Liang4 Su1 Se4	Kamar terang dan nyaman
櫃檯 Kuei4 Thai2	Counter
住宿含早餐 Cu4 Su4 Han2 Cau3 Chan1	Tempat tinggal dan keesokan harinya disediakan makan pagi gratis
游泳池 Yo2 Yong3 Ce2	Kolam renang

室內游泳池 Se4 Nei4 Yo2 Yong3 Ce2	Kolam renang dalam ruangan
室外游泳池 Se4 Wai4 Yo2 Yong3 Ce2	Kolam renang luar ruangan
戶外游泳池 Hu4 Wai4 Yo2 Yong3 Ce2	
海水游泳池 Hai3 Suei3 Yo2 Yong3 Ce2	Kolam renang dengan air laut
三溫暖 San1 Wen1 Nuan3	Sauna
烤箱室 Khau3 Siang1 Se4	Kamar pemanas yang biasanya ada di sebelah kamar uap
蒸氣室 Ceng1 Chi4 Se4	Kamar uap yang biasanya ada di sebelah kamar pemanas
SPA 冷熱水療池 SPA Leng3 Re4 Suei3 Liau2 Ce2	SPA kolam terapi yang ada pijat air panas dingin
健身房 Cien4 Sen1 Fang2	Tempat fitness
沒有水 Mei2 Yo3 Suei3	Tidak ada air
冷氣不夠強 Leng3 Chi4 Pu2 Ko4 Chiang2	AC tidak cukup dingin

暖氣 Nuan3 Chi4	Pemanas ruangan
牙膏 Ya2 Kau1	Odol
洗髮精 Si3 Fa3 Cing1	Shampoo
沐浴乳 Mu4 I*4 Ru3	Sabun mandi cair
肥皂 Fei2 Cau4	Sabun
枕頭 Cen3 Tho2	Bantal
枕頭套 Cen3 Tho2 Thau4	Sarung bantal
棉被 Mien2 Pei4	Selimut
床單 Chuang2 Tan1	Seperai ranjang
床墊太硬 Chuang2 Tien4 Thai4 Ing4	Ranjang terlalu keras
床墊太軟 Chuang2 Tien4 Thai4 Ruan3	Ranjang terlalu lembek

冰箱 Ping1 Siang1	Kulkas
毛巾 Mau2 Cin1	Handuk
客房服務 Khe4 Fang2 Fu2 U4	Room service
熱水 Re4 Suei3	Air panas
白開水 Pai2 Khai1 Suei3	Air putih untuk minum
熱水壺 Re4 Suei3 Hu2	Ceret air panas
礦泉水 Khuang4 Chuen2 Suei3	Air mineral
飲料 In3 Liau4	Minuman
可樂 Khe3 Le4	Coca cola
雪碧 Sie*3 Pi4	Sprite
咖啡 Kha1 Fei1	Kopi

果_{ㄍㄨㄛ}汁_ㄓ Kuo3 Ce1	Juice
雞_{ㄐㄧ}尾_{ㄨㄟ}酒_{ㄐㄧㄡ} Ci1 Wei3 Cio3	Minuman yang bercampur alkohol
啤_{ㄆㄧ}酒_{ㄐㄧㄡ} Phi2 Cio3	Bir
高_{ㄍㄠ}梁_{ㄌㄧㄤ}酒_{ㄐㄧㄡ} Kau1 Liang2 Cio3	Arak yang terbuat dari sorgum
氣_{ㄑㄧ}泡_{ㄆㄠ}水_{ㄕㄨㄟ} Chi4 Phau4 Suei3	Air soda
DIY 手_{ㄕㄡ}作_{ㄗㄨㄛ}課_{ㄎㄜ}程_{ㄔㄥ} DIY So3 Cuo4 Khe4 Cheng2	Mengerjakan sendiri dalam membuat suatu barang
我_{ㄨㄛ}要_{ㄧㄠ}訂_{ㄉㄧㄥ}雙_{ㄕㄨㄤ}人_{ㄖㄣ}房_{ㄈㄤ}， Wo3 Yau4 Ting4 Suang1 Ren2 Fang2	Saya ingin memesan kamar untuk 2 orang
訂_{ㄉㄧㄥ}房_{ㄈㄤ}有_{ㄧㄡ}含_{ㄏㄢ}早_{ㄗㄠ}餐_{ㄘㄢ}嗎_{ㄇㄚ}？ Ting4 Fang2 Yo3 Han2 Cau3 Chan1 Ma1 ？	Apakah pesan kamar dapat makanan pagi ？
有_{ㄧㄡ}，　中_{ㄓㄨㄥ}西_{ㄒㄧ}式_ㄕ早_{ㄗㄠ}餐_{ㄘㄢ}， Yo3 , Cung1 Si1 Se4 Cau3 Chan1 ,	Ada , makan pagi ala barat dan chinese ,
吃_ㄔ到_{ㄉㄠ}飽_{ㄅㄠ}。 Ce1 Tau4 Pau3 .	Makan sepuasnya .
這_{ㄓㄜ}裡_{ㄌㄧ}有_{ㄧㄡ}游_{ㄧㄡ}泳_{ㄩㄥ}池_ㄔ嗎_{ㄇㄚ}？ Ce4 Li3 Yo3 Yo2 Yong3 Ce2 Ma1 ？	Apakah disini ada kolam renang?

水是溫的嗎？ Suei3 Se4 Wen1 Te1 Ma1 ?	Airnya hangat ya ?
這裡游泳池的水是溫水， Ce4 Li3 Yo2 Yong3 Ce2 Te1 Suei3 Se4 Wen1 Suei3	Kolam renang disini menggunakan air hangat ,
游泳池在室內， Yo2 Yong3 Ce2 Cai4 Se4 Nei4	Tapi kolam renang hanya ada dalam ruangan
沒有在戶外。 Mei2 Yo3 Cai4 Hu4 Wai4	Tidak ada yang di luar ruangan .
這裡的飯店幾點可以入住呢？ Ce4 Li3 Te1 Fan4 Tien4 Ci3 Tien3 Khe3 I3 Ru4 Cu4 Ne1 ?	Hotel ini jam berapa bisa check in ?
最快下午 3:00 入住， Cuei4 Khuai4 Sia4 U3 San1 Tien3 Ru4 Cu4	Paling cepat jam 3 sore check in hotel
最晚幾點要退房呢？ Cuei4 Wan3 Ci3 Tien3 Yau4 Thuei4 Fang2 Ne1 ?	Paling lambat jam berapa harus check out ?
最晚中午 12:00 前， Cuei4 Wan3 Cung1 U3 Se2 El4 Tien3 Chien2	Paling lambat sebelum jam 12:00
必須要退房。 Pi4 Si*1 Yau4 Thuei4 Fang2 .	Harus sudah check out hotel .

🔊 1-03

三ㄙㄢ、在ㄗㄞˋ機ㄐㄧ場ㄔㄤˇ、搭ㄉㄚ飛ㄈㄟ機ㄐㄧ Cai4 Ci1 Chang3, Ta1 Fei1 Ci1	Di Airport, Naik Pesawat Terbang
請ㄑㄧㄥˇ給ㄍㄟˇ我ㄨㄛˇ你ㄋㄧˇ的ㄉㄜ˙ Ching3 Kei3 Wo3 Ni3 Te1 — 護ㄏㄨˋ照ㄓㄠˋ Hu4 Cau4	Tolong berikan ke saya paspor kamu .
	機ㄐㄧ票ㄆㄧㄠˋ Ci1 Phiau4	Tolong berikan ke saya tiket pesawat terbang kamu .
	居ㄐㄩ留ㄌㄧㄡˊ證ㄓㄥˋ Ci*1 Lio2 Ceng4	Tolong berikan ke saya ARC kamu .
旅ㄌㄩˇ客ㄎㄜˋ Li*3 Khe4	Penumpang
機ㄐㄧ場ㄔㄤˇ地ㄉㄧˋ勤ㄑㄧㄣˊ Ci1 Chang3 Ti4 Chin2	Pekerja yang bekerja di airport
空ㄎㄨㄥ姐ㄐㄧㄝˇ Khong1 Cie3	Pramugari
空ㄎㄨㄥ中ㄓㄨㄥ少ㄕㄠˋ爺ㄧㄝ Khong1 Cung1 Sau4 Ye2	Pramugara
飛ㄈㄟ行ㄒㄧㄥˊ員ㄩㄢˊ Fei1 Sing2 Yuen2	Pilot
機ㄐㄧ長ㄓㄤˇ Ci1 Cang3	Kapten pesawat
餐ㄘㄢ點ㄉㄧㄢˇ Chan1 Tien3	Makanan

飛機即將起飛 Fei1 Ci1 Ci2 Ciang1 Chi3 Fei1	Pesawat terbang akan terbang
飛機即將降落 Fei1 Ci1 Ci2 Ciang1 Ciang4 Luo4	Pesawat terbang akan mendarat
起飛時間 Chi3 Fei1 Se2 Cien1	Waktu berangkat pesawat
抵達時間 Ti3 Ta2 Se2 Cien1	Waktu tiba pesawat
時間更改 Se2 Cien1 Keng1 Kai3	Waktu berubah
延後 Yen2 Ho4	Terlambat
延遲 Yen2 Ce2	Terlambat
目的地時間 Mu4 Ti4 Ti4 Se2 Cien1	Waktu di tempat tujuan
當地時間 Tang1 Ti4 Se2 Cien1	Local time
已到 I3 Tau4	Sudah sampai
已飛 I3 Fei1	Sudah terbang

飛行 Fei1 Sing2	Penerbangan
行李 Sing2 Li3	Koper
拖運行李 Thuo1 In*4 Sing2 Li3	Koper yang dimasukkan ke bagasi dalam pesawat
手提行李 So3 Thi2 Sing2 Li3	Koper yang dibawa oleh penumpang dan ditaruh di atas tempat duduknya
隨身行李 Suei2 Sen1 Sing2 Li3	Koper yang dibawa oleh penumpang dan ditaruh di atas tempat duduknya .
重量限制 Cung4 Liang4 Sien4 Ce4	Batas berat
超重 Chau1 Cung4	Melewati batas berat
剛好 Kang1 Hau3	Pas
居留證 Ci*1 Lio2 Ceng4	Alien Resident Card / ARC
身分證 Sen1 Fen4 Ceng4	KTP
護照 Hu4 Cau4	Paspor

登機證 Teng1 Ci1 Ceng4	Boarding pass
暈車藥 In*1 Che1 Yau4	Obat anti mabuk naik kendaraan
行動電源 Sing2 Tung4 Tien4 Yuen*2	Power bank
效期 Siau4 Chi2	Masa berlaku
六個月以上 Liu4 Ke1 Yue*4 I3 Sang4	Di atas 6 bulan
簽證 Chien1 Ceng4	Visa
落地簽證 Luo4 Ti4 Chien1 Ceng4	Visa di dapatkan waktu tiba di airport di negara tujuan / visa on arrival
辦理登記手續 Pan4 Li3 Teng1 Ci4 So3 Si*4	Mengurus prosedur mau naik pesawat terbang
櫃檯辦理登記 Kuei4 Thai2 Pan4 Li3 Teng1 Ci4	Prosedur check in di counter airport
網路辦理登記 Wang3 Lu4 Pan4 Li3 Teng1 Ci4	Prosedur check in di internet
APP 登記 APP Teng1 Ci4	Prosedur check in menggunakan aplikasi internet

自ㄗˋ助ㄓㄨˋ登ㄉㄥ記ㄐㄧˋ站ㄓㄢˋ登ㄉㄥ記ㄐㄧˋ Ce4 Cu4 Teng1 Ci4 Can4 Teng1 Ci4	Prosedur check in sendiri di mesin yang ada di airport
報ㄅㄠˋ到ㄉㄠˋ手ㄕㄡˇ續ㄒㄩˋ Pau4 Tau4 So3 Si*4	Waktu tiba prosedur melaporkan diri
排ㄆㄞˊ隊ㄉㄨㄟˋ Phai2 Tuei4	Antri
好ㄏㄠˇ多ㄉㄨㄛ人ㄖㄣˊ排ㄆㄞˊ隊ㄉㄨㄟˋ Hau3 Tuo1 Ren2 Phai2 Tuei4	Banyak orang antri
入ㄖㄨˋ境ㄐㄧㄥˋ海ㄏㄞˇ關ㄍㄨㄢ Ru4 Cing4 Hai3 Kuan1	Pemeriksaan waktu kedatangan
海ㄏㄞˇ關ㄍㄨㄢ檢ㄐㄧㄢˇ查ㄔㄚˊ Hai3 Kuan1 Cien3 Cha2	Pemeriksaan bea cukai
機ㄐㄧ場ㄔㄤˇ安ㄢ檢ㄐㄧㄢˇ Ci1 Chang3 An1 Cien3	Pemeriksaan keamanan di airport
安ㄢ全ㄑㄩㄢˊ檢ㄐㄧㄢˇ查ㄔㄚˊ An1 Chuen2 Cien3 Cha2	Pemeriksaan keamanan
X 光ㄍㄨㄤ檢ㄐㄧㄢˇ查ㄔㄚˊ X Kuang1 Cien3 Cha2	Pemeriksaan dengan mesin X-ray
通ㄊㄨㄥ過ㄍㄨㄛˋ Thong1 Kuo4	Berhasil melewati
入ㄖㄨˋ境ㄐㄧㄥˋ申ㄕㄣ請ㄑㄧㄥˇ表ㄅㄧㄠˇ Ru4 Cing4 Sen1 Ching3 Piau3	Formulir masuk ke negara tujuan

口袋內的物品 Kho3 Tai4 Nei4 Te1 U4 Phin3	Barang – barang yang ada di dalam saku
錢幣 Chien2 Pi4	Uang logam
外套 Wai4 Thau4	Jaket
皮帶 Phi2 Tai4	Ikat pinggang
筆記型電腦 Pi3 Ci4 Sing2 Tien4 Nau3 筆電 Pi3 Tien4	Laptop
手機 So3 Ci1	HP
智慧型手機 Ce4 Huei4 Sing2 So3 Ci1	Smart Phone , HP
本國籍 Pen3 Kuo2 Ci2	Warga negara sendiri
外國籍 Wai4 Kuo2 Ci2	Warga negara asing
第一航廈 Ti4 I1 Hang2 Sia4	Terminal 1

第二航廈 Ti4 El4 Hang2 Sia4	Terminal 2
第三航廈 Ti4 San1 Hang2 Sia4	Terminal 3
登機門 Teng1 Ci1 Men2	Pintu keberangkatan , gate
開始登機 Khai1 Se3 Teng1 Ci1	Mulai waktu boarding
登機時間 Teng1 Ci1 Se2 Cien1	Waktu boarding
座位 Cuo4 Wei4	Tempat duduk
靠窗座位 Khau4 Chuang1 Cuo4 Wei4	Tempat duduk dekat jendela
走廊位子 Cuo3 Lang2 Wei4 Ce1	Tempat duduk dekat koridor
機票條碼 Ci1 Phiau4 Thiau2 Ma3	QR code tiket
禁止攜帶 Cin4 Ce3 Si1 Tai4	Dilarang bawa
攜帶上機的物品 Si1 Tai4 Sang4 Ci1 Te1 U4 Phin3	Barang yang dibawa ke dalam pesawat

免稅商店 Mien3 Suei4 Sang1 Tien4	Toko menjual barang yang bebas pajak
颱風 Thai2 Feng1	Angin ribut
暴風雪 Pau4 Feng1 Sie*2	Badai salju
機捷 Ci1 Cie2	MRT airport
機場捷運 Ci1 Chang3 Cie2 In*4	MRT airport
桃園捷運 Thau2 Yuen*2 Cie2 In*4	MRT airport Thau Yuen
桃園機場捷運 Thau2 Yuen*2 Ci1 Chang3 Cie2 In*4	MRT airport Thau Yuen
機場線 Ci1 Chang3 Sien4	Jalur MRT airport
普通線 Phu3 Thong1 Sien4	Jalur biasa
直達桃園機場 Ce2 Ta2 Thau2 Yuen2 Ci1 Chang1	Langsung ke airport Thau Yuen
專車接送 Cuan1 Che1 Cie1 Sung4	Mobil khusus antar jemput

機場接送服務 Ci1 Chang3 Cie1 Sung4 Fu2 U4	Pelayanan antar jemput bandara
服務人員 Fu2 U4 Ren2 Yuen2	Pekerja yang melayani
毒品 Tu2 Phin3	Obat terlarang
陌生人 Mo4 Seng1 Ren2	Orang asing , orang tidak di kenal
可以借 Khe3 I3 Ci4	Dapat meminjam
輪椅 Lun2 I3	Kursi roda
使用輪椅的旅客 Se3 Yung4 Lun2 I3 Te1 Li*3 Khe4	Penumpang yang menggunakan kursi roda
按指紋 An4 Ce3 Wen2	Ambil sidik jari
行李領取 Sing2 Li3 Ling3 Chi*3	Pengambilan bagasi / koper
你好， 請給我， Ni3 Hau3 , Ching3 Kei3 Wo3	Hallo , tolong berikan ke saya ,
你的護照和機票。 Ni3 Te1 Hu4 Cau4 He2 Ci1 Phiau4	Paspor dan tiket pesawat kamu

好的，你也要看我的居留證嗎？ Hau3 Te1 , Ni3 Ye3 Yau4 Khan4 Wo3 Te1 Ci*1 Lio2 Ceng4 Ma1 ?	Baik , apakah kamu ingin melihat ARC saya ?
好的。 Hau3 Te1	Baik
幾個行李要托運呢？ Ci3 Ke1 Sing2 Li3 Yau4 Tho1 In*4 Ne1?	Berapa banyak koper yang akan masuk ke bagasi dalam pesawat ?
只有一件行李。 Ce3 Yo3 I2 Cien4 Sing2 Li3	Hanya satu koper
你有放行動電源在行李嗎？ Ni3 Yo3 Fang4 Sing2 Tung4 Tien4 Yuen2 Cai4 Sing2 Li3 Ma1 ?	Apakah kamu ada menaruh power bank di dalam koper ?
沒有。 Mei2 Yo3	Tidak ada .
請給我安排靠窗的座位， Ching3 Kei3 Wo3 An1 Phai2 Khau4 Chuang1 Te1 Cuo4 Wei4 ,	Mohon kamu mengatur supaya tempat duduk saya dekat jendela,
謝謝你。 Sie4 Sie1 Ni3 .	Terima kasih banyak .
沒問題。 Mei2 Wen4 Thi2 .	OK, tidak masalah

這是你的登機證、 Ce4 Se4 Ni3 Te1 Teng1 Ci1 Ceng4	Ini adalah Boarding Pass kamu ,
護照和居留證， Hu4 Cau4 He2 Ci*1 Lio2 Ceng4	Paspor dan ARC ,
07:30 開始登記， Chi1 Tien3 San1 Se2 Khai1 Se3 Teng1 Ci4	Jam 07:30 mulai waktu boarding,
62 號登機門， Liu4 Se2 El4 Hau4 Teng1 Ci1 Men2	Pintu keberangkatan no 62 / gate no 62
你的座位是 62 號，　靠窗。 Ni3 Te1 Cuo4 Wei4 Se4 Liu4 Se2 El4 Hau4 , Khau4 Chuang1	Tempat duduk kamu nomor 62 , dekat jendela
我的行李在哪裡？ Wo3 Te1 Sing2 Li3 Cai4 Na3 Li3 ?	Koper saya ada di mana ?
你的行李在這裡。 Ni3 Te1 Sing2 Li3 Cai4 Ce4 Li3	Koper kamu ada di sini .
在機場和飛機裡， Cai4 Ci1 Chang3 He2 Fei1 Ci1 Li3	Di airport dan dalam pesawat ,
要注意我們的行李， Yau4 Cu4 I4 Wo3 Men1 Te1 Sing2 Li3	Harus memperhatikan koper kita,

不要讓陌生人趁著我們沒注意， Pu2 Yau4 Rang4 Mo4 Seng1 Ren2 Chen4 Ce1 Wo3 Men1 Mei2 Cu4 I4	Jangan sampai membiarkan orang asing mengambil kesempatan pada waktu kita lengah
放毒品在我們的行李。 Fang4 Tu2 Phin3 Cai4 Wo3 Men1 Te1 Sing2 Li3	Menaruh obat terlarang dalam koper kita
如果真的發生， Ru2 Kuo3 Cen1 Te4 Fa1 Seng1	Jika sampai terjadi hal seperti ini
我們會被警察抓，會坐牢喔， Wo3 Men1 Huei4 Pei4 Cing3 Cha2 Cua1, Huei4 Cuo4 Lau2 Oh1	Kita bisa ditangkap oleh polisi , dipenjarakan .
所以要特別小心喔。 Suo3 I3 Yau4 The4 Pie2 Siau3 Sin1 Oh1	Jadi kita harus benar – benar hati – hati loh .
通過安檢後， Thong1 Kuo4 An1 Cien3 Ho4	Setelah melewati pemeriksaan keamanan,
直走就到登機門了。 Ce2 Cuo3 Cio4 Tau4 Teng1 Ci1 Men2 Le1	Jalan terus sampai ke pintu keberangkatan
在台北停留幾個小時？ Cai4 Thai2 Pei3 Thing2 Lio2 Ci3 Ke1 Siau3 Se2	Di Taipei berhenti berapa jam ?

| 祝你旅途愉快
Cu4 Ni3 Li*3 Thu2 I*2 Khuai4 | Semoga perjalananmu menyenangkan |
| 祝你一路順風
Cu4 Ni3 I2 Lu4 Sun4 Feng1 | Semoga perjalananmu lancar dan sukses |

四、購物、逛街 Kou4 U4, Kuang4 Cie1	Beli barang , Belanja
這件 **裙子** Chuin*2 Ce1	<u>Rok</u> ini berapa harganya?
這件 **褲子** 多少錢 ? Ce4 Cien4 Khu4 Ce1 Tuo1 Sau3 Chien2 ?	<u>Celana</u> ini berapa harganya?
襯衫 Chen4 San1	<u>Kemeja</u> ini berapa harganya?
百貨公司 Pai3 Huo4 Kung1 Ses1	Departement store
夜市 Ye4 Se4	Pasar malam
賣場 Mai4 Chang3	Pusat perbelanjaan
商店 Sang1 Tien4	Pertokoan
便利商店 Pien4 Li4 Sang1 Tien4	Mini market
便利超商 Pien4 Li4 Chau1 Sang1	
市場 Se4 Chang3	Pasar
菜市場 Chai4 Se4 Chang3	Pasar sayur
雜貨店 Ca2 Huo4 Tien4	Toko kelontong

專賣店 Cuan1 Mai4 Tien4	Toko yang menjual barang khusus
銀樓 In2 Lo2	Toko perhiasaan
珠寶店 Cu1 Pau3 Tien4	Toko perhiasan
有機店 You3 Ci1 Tien4	Toko yang menjual barang yang alami dan tidak pakai pestisida atau obat lainnya
超市 Chau1 Se4	Supermarket
超級市場 Cau1 Ci2 Se4 Chang3	
路邊攤 Lu4 Pien1 Than1	Kaki lima
攤販 Than1 Fan4	
鞋店 Sie2 Tien4	Toko sepatu
服飾店 Fu2 Se4 Tien4	Toko baju
書店 Su1 Tien4	Toko buku
水電行 Suei3 Tien4 Hang2	Toko reparasi listrik dan air
電器行 Tien4 Chi4 Hang2	Toko peralatan listrik

文ㄨㄣ具ㄐㄩ行ㄏㄤ Wen2 Chi*4 Hang2	Toko peralatan tulis
咖ㄎㄚ啡ㄈㄟ廳ㄊㄥ Kha1 Fei1 Thing1	Kedai kopi
泡ㄆㄠ沫ㄇㄛ紅ㄏㄨㄥ茶ㄔㄚ店ㄉㄧㄢ Phau4 Mo4 Hong2 Cha2 Tien4	Toko menjual berbagai macam minuman
電ㄉㄧㄢ影ㄧㄥ院ㄩㄢ Tien4 Ing3 Yen*4	Bioskop
早ㄗㄠ餐ㄘㄢ店ㄉㄧㄢ Cau3 Chan1 Tien4	Toko makanan pagi
餐ㄘㄢ廳ㄊㄥ Chan1 Thing1	Restaurant
外ㄨㄞ帶ㄉㄞ Wai4 Tai4	Beli dan dibawa pergi
帶ㄉㄞ走ㄗㄡ Tai4 Cuo3	
內ㄋㄟ用ㄩ Nei4 Yung4	Makan di tempat
網ㄨㄤ路ㄌㄨ購ㄍㄡ物ㄨ Wang3 Lu4 Kou4 U4	Beli barang di internet
網ㄨㄤ購ㄍㄡ Wang3 Kou4	
蝦ㄒㄚ皮ㄆㄧ購ㄍㄡ物ㄨ Sia1 Phi2 Ko4 U4	Beli barang di Shopee
製ㄓ造ㄗㄠ日ㄖ期ㄑㄧ Ce4 Cau4 Re4 Chi2	Tanggal pembuatan

有ﾍ效ﾌ期ﾍ限ﾍ Yo3 Siau4 Chi2 Sien4	Tanggal kadaluwarsa
2023 年ﾅ 9 月ﾝ 6 日ﾞ到ﾅ期ﾍ El4 Ling2 El4 San1 Nien2 Ciu3 Yue4 Liu4 Re4 Tau4 Chi2	Tgl habis berlaku 6 september 2023 (Tahun 2023 = Tahun 112)
2024 年ﾅ El4 Ling2 El4 Ses4 Nien2	Tahun 2024 (Tahun 2024 = Tahun 113)
買ﾝ Mai3	Membeli
賣ﾝ Mai4	Menjual
買ﾝ賣ﾝ Mai3 Mai4	Jual beli
貴ﾍ Kuei4	Mahal
便ﾅ宜ﾍ Phien2 I2	Murah
試ﾜ穿ﾜ Se4 Chuan1	Di coba pakai
試ﾜ吃ﾜ Se4 Ce1	Di coba makan
試ﾜ喝ﾍ Se4 He1	Di coba minum
很ﾍ便ﾅ宜ﾍ Hen3 Phien2 I2	Sangat murah
很ﾍ貴ﾍ Hen3 Kuei4	Sangat mahal

太長了 Thai4 Chang2 Le1	Terlalu panjang
太短了 Thai4 Tuan3 Le1	Terlalu pendek
太大了 Thai4 Ta4 Le1	Terlalu besar
太小了 Thai4 Siau3 Le1	Terlalu kecil
太多了 Thai4 Tuo1 Le1	Terlalu banyak
太少了 Thai4 Sau3 Le1	Terlalu sedikit
太寬了 Thai4 Khuan1 Le1	Terlalu lebar
太緊了 Thai4 Cin3 Le1	Terlalu sempit
太鬆了 Thai4 Sung1 Le1	Terlalu longgar
太辣了 Thai4 La4 Le1	Terlalu pedas
鹹 Sien2	Asin
甜 Thien2	Manis
淡 Tan4	Tawar

不夠 Pu2 Kou4	Tidak cukup
剛剛好 Kang1 Kang1 Hau3	Pas
現金 Sien4 Cin1	Uang tunai
付現金 Fu4 Sien4 Cin1	Membayar uang tunai
信用卡 Sin4 Yung4 Kha3	Credit card
刷卡 Sua1 Kha3	Membayar dengan kartu
發票 Fa1 Phiau4	Bon yang ada undian berhadiah
收據 So1 Chi*4	Bon
老闆 Lau3 Pan3	Boss laki - laki , pak
老闆娘 Lau3 Pan3 Niang2	Boss perempuan , bu
客人 Khe4 Ren2	Tamu
店員 Tien4 Yuen2	Pegawai toko
收銀台 So1 In2 Thai2	Meja kasir

討價還價 Thau3 Cia4 Huan2 Cia4	Tawar menawar
算便宜一一點 Suan4 Phien2 I2 I4 Tien3	Hitung murah sedikit
幫客人結帳 Pang1 Khe4 Ren2 Cie2 Cang4	Bantu tamu yang mau membayar
特價 The4 Cia4	Harga special / harga khusus
定價 Ting4 Cia4	Harga pas
打折 Ta3 Ce2	Ada potongan harga
買一送一 Mai3 I1 Sung4 I1	Beli satu gratis satu
不二價 Pu2 El4 Cia4	Harga pas
零碼 Ling2 Ma3	Sisa barang
過季商品 Kuo4 Ci4 Sang1 Phin3	Barang yang sudah lewat musimnya
當季商品 Tang1 Ci4 Sang1 Phin3	Barang yang di jual pada waktu musimnya
新鮮 Sin1 Sien1	Segar
不新鮮 Pu4 Sin1 Sien1	Tidak segar

爛掉 Lan4 Tiau4	Rusak
會員卡 Huei4 Yuen2 Kha3	Kartu anggota
一樓 I1 Lo2	Lantai 1
二樓 El4 Lo2	Lantai 2
歡迎光臨 Huan1 Ing2 Kuang1 Lin2	Selamat datang
謝謝光臨 Sie4 Sie1 Kuang1 Lin2	Terima kasih atas kedatangannya
我要買這個 Wo3 Yau4 Mai3 Ce4 Ke1	Saya ingin membeli ini
老闆， 這件褲子多少錢？ Lau3 Pan3 , Ce4 Cien4 Khu4 Ce1 Tuo1 Sau3 Chien2 ?	Pak , celana ini berapa harganya?
有沒有折扣呢？ Yo3 Mei2 Yo3 Ce2 Kho4 Ne1 ?	Apakah ada potongan harga ?
這件可以再便宜一點嗎？ Ce4 Cien4 Khe3 I3 Cai4 Phien2 I2 I4 Tien3 Ma1 ?	Apakah yang ini bisa di hitung murah sedikit ?
請你幫我包起來 Ching3 Ni3 Pang1 Wo3 Pau1 Chi3 Lai2	Tolong bantu saya untuk membungkusnya

你ㄋㄧˇ要ㄧㄠˋ買ㄇㄞˇ幾ㄐㄧˇ個ㄍㄜˋ？ Ni3 Yau4 Mai3 Ci3 Ke1 ?	Berapa yang kamu ingin beli ?
老ㄌㄠˇ闆ㄅㄢˇ娘ㄋㄧㄤˊ， 這ㄓㄜˋ件ㄐㄧㄢˋ短ㄉㄨㄢˇ褲ㄎㄨˋ怎ㄗㄣˇ麼ㄇㄜ˙賣ㄇㄞˋ呢ㄋㄜ˙？ Lau3 Pan3 Niang2 , Ce4 Cien4 Tuan3 Khu4 Cen3 Me1 Mai4 Ne1 ?	Bu , celana pendek ini berapa harganya ?
一ㄧ共ㄍㄨㄥˋ多ㄉㄨㄛ少ㄕㄠˇ錢ㄑㄧㄢˊ呢ㄋㄜ˙？ I2 Kung4 Tuo1 Sau3 Chien2 Ne1 ?	Semua jadi berapa harganya ?
總ㄗㄨㄥˇ共ㄍㄨㄥˋ多ㄉㄨㄛ少ㄕㄠˇ錢ㄑㄧㄢˊ呢ㄋㄜ˙？ Cong3 Kung4 Tuo1 Sau3 Chien2 Ne1 ?	Semuanya jadi berapa harganya ?
可ㄎㄜˇ以ㄧˇ試ㄕˋ穿ㄔㄨㄢ看ㄎㄢˋ看ㄎㄢˋ嗎ㄇㄚ？ Khe3 I3 Se4 Chuan1 Khan4 Khan4 Ma1?	Apakah dapat dicoba pakai ?
這ㄓㄜˋ件ㄐㄧㄢˋ衣ㄧ服ㄈㄨˊ適ㄕˋ合ㄏㄜˊ妳ㄋㄧˇ穿ㄔㄨㄢ喔ㄛ Ce4 Cien4 I1 Fu2 Se4 He2 Ni3 Chuan1 Oh1	Baju ini cocok dipakai kamu loh
有ㄧㄡˇ沒ㄇㄟˊ有ㄧㄡˇ累ㄌㄟˇ計ㄐㄧˋ點ㄉㄧㄢˇ數ㄕㄨˋ呢ㄋㄜ˙？ Yo3 Mei2 Yo3 Lei3 Ci4 Tien3 Su4 Ne1?	Apakah bisa mengumpulkan point ?
老ㄌㄠˇ闆ㄅㄢˇ， 這ㄓㄜˋ件ㄐㄧㄢˋ衣ㄧ服ㄈㄨˊ有ㄧㄡˇ適ㄕˋ合ㄏㄜˊ我ㄨㄛˇ的ㄉㄜ˙尺ㄔˇ寸ㄘㄨㄣˋ嗎ㄇㄚ？ Lau3 Pan3 , Ce4 Cien4 I1 Fu2 Yo3 Se4 He2 Wo3 Te1 Ce3 Chun4 Ma1 ?	Pak , apakah baju ini ada yang cocok dengan ukuran saya ?
剛ㄍㄤ剛ㄍㄤ好ㄏㄠˇ， 適ㄕˋ合ㄏㄜˊ我ㄨㄛˇ的ㄉㄜ˙尺ㄔˇ寸ㄘㄨㄣˋ Kang1 Kang1 Hau3 , Se4 He2 Wo3 Te1 Ce3 Chun4	Pas , cocok dengan ukuran saya

🔊 1-05

五ㄨˇ、購ㄍㄡˋ物ㄨˋ商ㄕㄤ品ㄆㄧㄣˇ Kou4 U4 Sang1 Phin3	Barang Yang Di jual
我ㄨㄛˇ要ㄧㄠˋ買ㄇㄞˇ　運ㄩㄣˋ動ㄉㄨㄥˋ鞋ㄒㄧㄝˊ Wo3 Yau4 Mai2　In*4 Tung4 Sie2	Saya ingin membeli <u>sepatu olahraga</u>
帽ㄇㄠˋ子ㄗˇ Mau4 Ce1	Saya ingin membeli <u>topi</u>
雨ㄩˇ傘ㄙㄢˇ I*3 San3	Saya ingin membeli <u>payung</u>
春ㄔㄨㄣ裝ㄓㄨㄤ Chun1 Cuang1	Baju musim semi
夏ㄒㄧㄚˋ裝ㄓㄨㄤ Sia4 Cuang1	Baju musim panas
秋ㄑㄧㄡ裝ㄓㄨㄤ Chio1 Cuang1	Baju musim gugur
冬ㄉㄨㄥ裝ㄓㄨㄤ Tung1 Cuang1	Baju musim dingin
洋ㄧㄤˊ裝ㄓㄨㄤ Yang2 Cuang1	Gaun ala barat
贈ㄗㄥˋ品ㄆㄧㄣˇ Ceng4 Phin3	Hadiah karena beli barang
禮ㄌㄧˇ品ㄆㄧㄣˇ Li3 Phin3	Hadiah , kado
西ㄒㄧ裝ㄓㄨㄤ Si1 Cuang1	Pakaian ala barat
西ㄒㄧ裝ㄓㄨㄤ褲ㄎㄨˋ Si1 Cuang1 Khu4	Celana jas ala barat

襯衫 Chen4 San1	Kemeja
T 恤 T Si*4	T-shirt
毛衣 Mau2 I1	Sweater
褲子 Khu4 Ce1	Celana
長褲 Chang2 Khu4	Celana panjang
短褲 Tuan3 Khu4	Celana pendek
內褲 Nei4 Khu4	Celana dalam
棉 Mien2	Katun
尼龍 Ni2 Long2	Nilon
裙子 Chuin*2 Ce1	Rok
迷你裙 Mi2 Ni3 Chuin*2	Rok mini
短裙 Tuan3 Chuin*2	Rok pendek
長裙 Chang2 Chuin*2	Rok panjang

內衣 Nei4 I1	Baju dalam
內衣的背心 Nei4 I1 Te1 Pei4 Sin1	Kaos kutang
外套的背心 Wai4 Thau4 Te1 Pei1 Sin1	Rompi
牛仔褲 Niu2 Cai3 Khu4	Jeans
長袖 Chang2 Sio4	Baju lengan panjang
短袖 Tuan3 Sio4	Baju lengan pendek
帽子 Mau4 Ce1	Topi
鞋子 Sie2 Ce1	Sepatu
靴子 Sue*1 Ce1	Sepatu lars wanita yang cantik
運動鞋 In*4 Tung4 Sie2	Sepatu olahraga
皮鞋 Phi2 Sie2	Sepatu kulit
涼鞋 Liang2 Sie2	Sepatu sandal
拖鞋 Thuo1 Sie2	Sendal

高跟鞋 Kau1 Ken1 Sie2	Sepatu hak tinggi
木屐 Mu4 Ci1	Bakiak
眼鏡 Yen3 Cing4	Kacamata
太陽眼鏡 Thai4 Yang2 Yen3 Cing4	Kacamata anti panas , rayban
項鍊 Siang4 Lien4	Kalung
戒指 Cie4 Ce3	Cincin
圍巾 Wei2 Cin1	Syal
領帶 Ling3 Tai4	Dasi
手帕 So3 Pha4	Sapu tangan
手套 So3 Thau4	Sarung tangan
皮帶 Phi2 Tai4	Ikat pinggang
襪子 Wa4 Ce1	Kaos kaki
絲襪 Ses1 Wa4	Kaos kaki stocking

玩具 Wan2 Ci*4	Mainan
電子用品 Tien4 Ce3 Yung4 Phin3	Barang – barang elektronik
生活用品 Seng1 Huo2 Yung4 Phin3	Barang – barang kebutuhan sehari – hari
家電 Cia1 Tien4	Peralatan listrik rumah tangga
鬧鐘 Nau4 Cung1	Weker
鐘錶 Cung1 Piau3	Jam dinding
手錶 So3 Piau3	Jam tangan
皮包 Phi2 Pau1	Tas tangan kulit
陽傘 Yang2 San3	Payung untuk menghalangi sinar matahari
雨傘 I*3 San3	Payung
相機 Siang4 Ci1	Kamera
手機 So3 Ci1	HP
智慧型手機 Ce4 Huei4 Sing2 So3 Ci1	Smart phone

筆 Pi3	Pen
紙 Ce3	Kertas
電腦 Tien4 Nau3	Komputer
筆記型電腦 Pi3 Ci4 Sing2 Tien4 Nau3	Laptop
平板電腦 Phing2 Pan3 Tien4 Nau3	Tablet
搖控器 Yau2 Khong4 Chi4	Remote control
香水 Siang1 Suei3	Minyak wangi
化妝品 Hua4 Cuang1 Phin3	Barang kosmetik
化妝水 Hua4 Cuang1 Suei3	Air pembersih kosmetik
口紅 Kho3 Hong2	Lipstick
護唇膏 Hu4 Chun2 Kau1	Lip gloss
電話 Tien4 Hua4	Telepon
電視 Tien4 Se4	TV

洗衣機 Si3 I1 Ci1	Mesin cuci
洗衣精 Si3 I1 Cing1	Sabun mencuci baju
冷氣 Leng3 Chi4	AC
暖氣 Nuan3 Chi4	Pemanas ruangan
除濕機 Chu2 Se1 Ci1	Mesin mengusir kelembapan
電風扇 Tien4 Feng1 San4	Kipas angin
桌子 Cuo1 Ce1	Meja
椅子 I3 Ce1	Kursi
沙發 Sa1 Fa1	Sofa
盤子 Phan2 Ce1	Piring
碗 Wan3	Mangkuk
碗盤 Wan3 Phan2	Piring mangkuk
杯子 Pei1 Ce1	Gelas , cangkir

筷子 Khuai4 Ce1	Sumpit
叉子 Cha4 Ce1	Garpu
湯匙 Thang1 Ce2	Sendok
茶匙 Cha2 Ce2	Sendok teh
調味料 Thiau2 Wei4 Liau4	Bumbu masakan
刷子 Sua1 Ce1	Sikat
衛生紙 Wei4 Seng1 Ce3	Tissue
牙刷 Ya2 Sua1	Sikat gigi
牙膏 Ya2 Kau1	Odol
刮鬍刀 Kua1 Hu2 Tau1	Pisau cukur kumis
梳子 Su1 Ce1	Sisir
肥皂 Fei2 Cau4	Sabun
洗髮精 Si3 Fa3 Cing1	Shampoo

沐浴乳 Mu4 I*4 Ru3	Sabun mandi cair
洗面乳 Si3 Mien4 Ru3	Sabun cuci muka
毛巾 Mau2 Cin1	Handuk
泳衣 Yong3 I1	Baju renang
藥 Yau4	Obat
購物籃 Kou4 U4 Lan2	Keranjang belanjaan
手推車 So3 Thuei1 Che1	Kereta dorong
老闆， 你有這個東西嗎？ Lau3 Pan3 , Ni3 Yo3 Ce4 Ke1 Tung1 Si1 Ma1 ?	Pak , apakah kamu ada barang ini ?
我看一下， 有 Wo3 Khan4 I2 Sia4 , Yo3	Coba saya lihat , ada
多少錢？ Tuo1 Sau3 Chien2 ?	Berapa harganya ?
500 元， 有兩個顏色， U3 Pai3 Yen2 , Yo3 Liang3 Ke1 Yen2 Se4	NT 500 , ada dua warna

藍和白， 你要什麼顏色呢？ Lan2 He2 Pai2 , Ni3 Yau4 Se2 Me1 Yen2 Se4 Ne1 ?	Biru dan putih , kamu ingin warna apa ?
我要白色， 謝謝。 Wo3 Yau4 Pai2 Se4 , Sie4 Sie1	Saya mau warna putih , terima kasih .
我沒有賣這個東西， Wo3 Mei2 Yo3 Mai4 Ce4 Ke1 Tung1 Si1	Saya tidak menjual barang ini
你看隔壁的店， Ni3 Khan4 Ke2 Pi4 Te1 Tien4	Kamu lihat toko sebelah ,
可能有賣那個東西。 Khe3 Neng2 Yo3 Mai4 Na4 Ke1 Tung1 Si1	Mungkin ada jual barang itu .
我不太確定， Wo3 Pu2 Thai4 Chue4 Ting4 ,	Saya tidak terlalu yakin ,
他要不要這件衣服， Tha1 Yau4 Pu2 Yau4 Ce4 Cien4 I1 Fu2	Dia mau atau tidak baju ini ,
老闆， 如果他不要， Lau3 Pan3 , Ru2 Kuo3 Tha1 Pu2 Yau4 ,	Pak , jika dia tidak mau ,
可以換別的衣服嗎？ Khe3 I3 Huan4 Pie2 Te1 I1 Fu2 Ma1 ?	Apakah boleh di tukar dengan baju lain ?
可以， 你要保留發票 Khe3 I3 , Ni3 Yau4 Pau3 Lio2 Fa1 Phiau4	Boleh , kamu harus menyimpan bon pembelian

衣服也馬上還給我， I1 Fu2 Ye3 Ma3 Sang4 Huan2 Kei3 Wo3	Baju juga harus segera di kembalikan ke saya ,
不能退錢， Pu4 Neng2 Thuei4 Chien2	Tidak boleh mengembalikan uang ,
只能換別的衣服喔。 Ce3 Neng2 Huan4 Pie2 Te1 I1 Fu2 Oh1	Hanya boleh mengganti dengan baju lain loh .

1-06

六ㄌㄡˋ、數ㄕㄨˋ字ㄗˋ、折ㄓㄜˊ扣ㄎㄡˋ、數ㄕㄨˋ量ㄌㄤˋ Su4 Ce4 , Ce3 Kho4, Su4 Liang4	Angka , Potongan Harga , Kuantitas
0 Ling2	Nol
1 I1	Satu
2 El4	Dua
3 San1	Tiga
4 Se4	Empat
5 U3	Lima
6 Liu4	Enam
7 Chi1	Tujuh
8 Pa1	Delapan
9 Cio3	Sembilan
10 Se2	Sepuluh
11 Se2 I1	Sebelas

20 El4 Se2	Dua puluh
21 El4 Se2 I1	Dua puluh satu
100 I4 Pai3	Seratus
101 I4 Pai3 Ling2 I1	Seratus satu
1,000 I4 Chien1	Seribu
10,000 I2 Wan4	Sepuluh ribu
1,000,000 I4 Pai3 Wan4	Satu juta
10,000,000 I4 Chien1 Wan4	Sepuluh juta
100,000,000 I2 I4	Seratus juta
打ㄉㄚˇ折ㄓㄜˊ Ta3 Ce2	Diskon
折ㄓㄜˊ扣ㄎㄡˋ Ce2 Kho4	Diskon
一ㄧ折ㄓㄜˊ I4 Ce2	Diskon 90%
二ㄦˋ折ㄓㄜˊ El4 Ce2	Diskon 80%

三ㄙㄢ折ㄓㄜ San1 Ce2	Diskon 70%
四ㄙ折ㄓㄜ Se4 Ce2	Diskon 60%
五ㄨˇ折ㄓㄜ U3 Ce2	Diskon 50%
對ㄉㄨㄟ折ㄓㄜ Tuei4 Ce2	Diskon 50%
六ㄌㄡˋ折ㄓㄜ Liu4 Ce2	Diskon 40%
七ㄑㄧ折ㄓㄜ Chi1 Ce2	Diskon 30%
八ㄅㄚ折ㄓㄜ Pa1 Ce2	Diskon 20%
九ㄐㄧㄡˇ折ㄓㄜ Cio3 Ce2	Diskon 10%
一ㄧ斤ㄐㄧㄣ I4 Cin1	600 gram
公ㄍㄨㄥ斤ㄐㄧㄣ Kung1 Cin1	Kilogram
公ㄍㄨㄥ克ㄎㄜ Kung1 Khe4	Gram
一ㄧ個ㄍㄜ I2 Ke1	Satu buah
一ㄧ粒ㄌㄧˋ麥ㄇㄞˋ子ㄗ I2 Li4 Mai4 Ce1	Sebutir gandum

一枝筆 I4 Ce1 Pi3	Satu batang pen
一罐可樂 I2 Kuan4 Khe3 Le4	Satu kaleng coca cola
一瓶水 I4 Phing2 Suei3	Satu botol air
一杯茶 I4 Pei1 Cha2	Satu cangkir teh
一片吐司 I2 Phien4 Thu3 Ses1	Selembar roti tawar
一次 I2 Ces4	Satu kali
一隻雞 I4 Ce1 Ci1	Satu ekor ayam
一卷 I4 Cuen3	Satu rol
一艘船 I4 So1 Chuan2	Satu kapal laut
一架飛機 I2 Cia4 Fei1 Ci1	Satu kapal terbang
一盒蛋 I4 He2 Tan4	Satu kotak telur
兩塊肉 Liang3 Khuai4 Ro4	2 potong daging
一雙襪子 I4 Suang1 Wa4 Ce1	Satu pasang kaos kaki

一根菸 I4 Ken1 Yen1	Sebatang rokok
一碗白飯 I4 Wan3 Pai2 Fan4	Satu mangkuk nasi putih
一盤菜 I4 Phan2 Cai4	Semangkuk sayur
一件衣服 I2 Cien4 I1 Fu2	Sehelai baju
一滴水 I4 Ti1 Suei3	Setetes air
一條魚 I4 Thiau2 I*2	Seekor ikan
一張紙 I4 Cang1 Ce3	Selembar kertas
一箱 I4 Siang1	Satu kardus
一袋水果 I2 Tai4 Suei3 Kuo3	Satu bungkus buah
一首歌 I4 So3 Ke1	Satu lagu
一本書 I4 Pen3 Su1	Satu buku
一包 I4 Pau1	Sebungkus
一顆水果 I4 Khe1 Suei3 Kuo3	Satu buah

一列火車 I2 Lie4 Huo3 Che1	Satu gerbong kereta api
一輛巴士 I2 Liang4 Pa1 Se4	Satu bis
兩種菜 Liang3 Cung3 Cai4	2 jenis macam sayur
老闆， 一罐可樂多少錢？ Lau3 Pan3 , I2 Kuan4 Khe3 Le4 Tuo1 Sau3 Chien2 ?	Pak, 1 kaleng coca cola berapa duit ?
一罐可樂 25 元。 I2 Kuan4 Khe3 Le4 El4 Se2 U3 Yuen2	1 kaleng coca cola NT 25 .
一斤蘋果， 怎麼賣？ I4 Cin1 Phing2 Kuo3 , Ce3 Me1 Mai4 ?	600 gram apel berapa duit harganya ?
一斤蘋果 150 元。 I4 Cin1 Phing2 Kuo3 I4 Pai3 U3 Se2 Yuen2	600 gram apel NT 150 .
我要買一本學中文的書 Wo3 Yau4 Mai3 I4 Pen3 Sie*2 Cung1 Wen2 Te1 Shu1	Saya ingin membeli satu buku belajar bhs. mandarin .
這本書現在打八折。 Ce4 Pen3 Su1 Sien4 Cai4 Ta3 Pa1 Ce2	Buku ini sekarang discount 20 %.
今天這件衣服， 買一送一。 Cin1 Thien1 Ce4 Cien4 I1 Fu2 , Mai3 I1 Sung4 I1	Hari ini baju ini , beli satu gratis satu .

七、餐廳 Chan1 Thing1	Restaurant
我要 外帶 Wo3 Yau4　Wai4 Tai4	Saya ingin <u>beli bawa pulang</u>
內用 Nei4 Yung4	Saya ingin <u>makan di tempat</u>
打包 Ta3 Pau1	Saya ingin <u>di bungkus</u>
菜單 Chai4 Tan1	Menu
預約座位 I*4 Yue1 Cuo4 Wei4	Memesan tempat duduk
熊貓 Siung2 Mau1	Food Panda antar makanan
自助餐 Ce4 Cu4 Chan1	Restaurant yang menjual banyak macam sayur dan daging
麵館 Mien4 Kuan3	Restaurant jualan mi
飯館 Fan4 Kuan3	Restaurant
小吃店 Siau3 Ce1 Tien4	Toko menjual makanan kecil
早餐店 Cau3 Chan1 Tien4	Restaurant jualan makanan pagi
豆漿店 To4 Ciang1 Tien4	Toko jual susu kacang dan makanan pagi lainnya

快餐 Khuai4 Chan1	Makanan cepat saji
便當 Pien4 Tang1	Nasi komplit dalam sayur dalam satu kotak bungkus .
送湯 Sung4 Thang1	Gratis sup
送養樂多 Sung4 Yang3 Le4 Tuo1	Gratis yakult
合菜 He2 Chai4	Makan bersama – sama makanan Chinese food
兩人份 Liang3 Ren2 Fen4	Porsi untuk 2 orang
四菜一湯 Se4 Cai4 I4 Thang1	4 macam sayur dan 1 kuah
涮涮鍋 Suan4 Suan4 Kuo1	Shabu – shabu
火鍋店 Huo3 Kuo1 Tien4	Hot pot
異國料理 I4 Kuo2 Liau4 Li3	Makanan dari berbagai – bagai negara
港式飲茶 Kang3 Se4 In3 Cha2	Restaurant Dim Sum
港式燒臘店 Kang3 Se4 Sau1 La4 Tien4	Restaurant yang menjual nasi campur ala Hongkong
越南餐廳 Yue4 Nan2 Chan1 Thing1	Restaurant Vietnam

台灣菜 Thai2 Wan1 Chai4	Masakan ala Taiwan
四川菜 Se4 Chuan1 Chai4	Masakan ala Se Cuah
印尼餐廳 In4 Ni2 Chan1 Thing1	Restaurant Indonesia
泰國餐廳 Thai4 Kuo2 Chan1 Thing1	Restaurant Thailand
菲律賓餐廳 Fei1 Li*4 Pin1 Chan1 Thing1	Restaurant Filipina
日本料理 Re4 Pen3 Liau4 Li3	Makanan Jepang
家常料理 Cia1 Chang2 Liau4 Li3	Masakan rumah yang biasa di masak
雲南餐廳 In*2 Nan2 Chan1 Thing1	Restaurant In Nan Tiongkok
韓式烤肉店 Han2 Se4 Khau3 Ro4 Tien4	Restaurant menjual makanan dan daging panggang korea
麻辣火鍋店 Ma2 La4 Huo3 Kuo1 Tien4	Restaurant menjual hot pot pedas
燒烤店 Sau1 Khau3 Tien4	Restaurant menjual bahan makanan jenis panggang
串烤 Chuan4 Khau3	Makanan di tusuk panggang
迴轉壽司 Huei2 Cuan3 So4 Ses1	Piring – piring sushi ditempatkan di rel yang berjalan dan ingin makan ambil piring sushi tersebut.

快ㄎㄨㄞˋ餐ㄘㄢ店ㄉㄧㄢˋ Khuai4 Chan1 Tien4	Restaurant yang menjual makanan cepat saji
素ㄙㄨˋ食ㄕˊ店ㄉㄧㄢˋ Su4 Se2 Tien4	Restaurant yang menjual makanan vegetarian
速ㄙㄨˋ食ㄕˊ店ㄉㄧㄢˋ Su4 Se2 Tien4	Makanan cepat saji ala barat
麥ㄇㄞˋ當ㄉㄤ勞ㄌㄠˊ Mai4 Tang1 Lau2	Mc Donald
肯ㄎㄣˇ德ㄉㄜˊ基ㄐㄧ Khen3 Te2 Ci1	Kentucky Fried Chicken
漢ㄏㄢˋ堡ㄅㄠˇ王ㄨㄤˊ Han4 Pau3 Wang2	Burger King
美ㄇㄟˇ而ㄦˊ美ㄇㄟˇ早ㄗㄠˇ餐ㄘㄢ店ㄉㄧㄢˋ Mei3 Er2 Mei3 Cau3 Chan1 Tien4	Restaurant makanan pagi Mei Er Mei
吃ㄔ到ㄉㄠˋ飽ㄅㄠˇ Ce1 Tau4 Pau3	Restaurant makan sepuasnya , restaurant all you can eat
壽ㄕㄡˋ星ㄒㄧㄥ當ㄉㄤ天ㄊㄧㄢ吃ㄔ飯ㄈㄢˋ免ㄇㄧㄢˇ錢ㄑㄧㄢˊ So4 Sing1 Tang1 Thien1 Ce1 Fan4 Mien3 Chien2	Bagi yang ulang tahun pada hari itu , makan di restaurant tidak bayar
請ㄑㄧㄥˇ慢ㄇㄢˋ用ㄩㄥˋ Ching3 Man4 Yung4	Silahkan menikmati
裡ㄌㄧˇ面ㄇㄧㄢˋ坐ㄗㄨㄛˋ Li3 Mien4 Cuo4	Silahkan duduk di dalam untuk restaurant
請ㄑㄧㄥˇ坐ㄗㄨㄛˋ Ching3 Cuo4	Silahkan duduk
幾ㄐㄧˇ位ㄨㄟˋ呢ㄋㄜ˙？ Ci3 Wei4 Ne1 ?	Berapa orang ?

買單 Mai3 Tan1	Mau bayar
剩下的菜， Seng4 Sia4 Te1 Cai4 ,	Sisa sayuran ,
請你幫我打包， Ching3 Ni3 Pang1 Wo3 Ta3 Pau1	Tolong bantu saya untuk membungkusnya ,
感謝你。 Kan3 Sie4 Ni3 .	Terima kasih banyak .
老闆， 我要買排骨便當 Lau3 Pan3 , Wo3 Yau4 Mai3 Phai2 Ku3 Pien4 Tang1	Pak , saya ingin beli nasi babi goreng
好， 你要幾個呢？ Hau3 , Ni3 Yau4 Ci3 Ke1 Ne1 ?	Baik , kamu ingin berapa ?
一個就好了 I2 Ke1 Cio4 Hau3 Le1	Satu saja
好， 100 元， Hau3 , I4 Pai3 Yuen*2	Baik , NT 100 ,
你要送湯或是養樂多呢？ Ni3 Yau4 Sung4 Thang1 Huo4 Se4 Yang3 Le4 Tuo1 Ne1 ?	Kamu mau gratis sup atau yakult?
我要湯， 謝謝 Wo3 Yau4 Thang1 , Sie4 Sie1	Saya mau sup , terima kasih
老闆， 第5桌要買單 Lau3 Pan3 , Ti4 U3 Cuo1 Yau4 Mai3 Tan1	Pak , meja ke 5 mau bayar

好，　總共 1,000 元， Hau3 , Cong3 Kong4 I4 Chien1 Yuen2	Baik , jumlah total NT 1,000 ,
請你把剩下的菜， Ching3 Ni3 Pa3 Seng4 Sia4 Te1 Chai4	Kamu , tolong sisa sayuran ,
打包一下喔。 Ta3 Pau1 I2 Sia4 Oh1	Dibungkus ya .
小姐，　請給我兩個空 碗 Siau3 Cie3, Ching3 Kei3 Wo3 Liang3 Ke1 Khong1 Wan3	Bu , tolong berikan ke saya 2 mangkuk kosong .
這個杯子髒了， Ce4 Ke1 Pei1 Ce1 Cang1 Le1,	Gelas ini kotor ,
請給我乾淨的杯子， Ching3 Kei3 Wo3 Kan1 Cing4 Te1 Pei1 Ce1 ,	Tolong berikan ke saya gelas bersih ,
謝謝你。 Sie4 Sie1 Ni3 .	Terima kasih banyak .

八、食物和美食 Se2 U4 He2 Mei3 Se2		Makanan dan Masakan Enak
牛肉麵 Niu2 Ro4 Mien4	不要辣 Pu2 Yau4 La4	Mie daging sapi jangan pedas
	小辣 Siau3 La4	Mie daging sapi sedikit pedas
	大辣 Ta4 La4	Mie daging sapi sangat pedas
滷味 Lu3 Wei4		Makanan yang direbus dengan kecap dan rempah2 ala Taiwan
鹹酥雞 Sien2 Su1 Ci1		Jual ayam dan makanan lainnya yang digoreng asin renyah
臭豆腐 Cho4 To4 Fu3		Tahu bau goreng
麻辣臭豆腐 Ma2 La4 Cho4 To4 Fu3		Tahu bau pedas
炒飯 Chau3 Fan4		Nasi goreng
炒麵 Chau3 Mien4		Mie goreng
燴飯 Huei4 Fan4		Nasi saus kental dengan berbagai macam sayur dan daging
燴麵 Huei4 Mien4		Mie saus kental dengan berbagai macam sayur dan daging
米粉 Mi3 Fen3		Bihun

冬粉 Tung1 Fen3	Suhun
鍋貼 Kuo1 Thie1	Dumpling goreng
水餃 Suei3 Ciau3	Dumpling rebus
飯糰 Fan4 Thuan2	Ketan yang diisi berbagai macam makanan dan daging
蛋餅 Tan4 Ping3	Telor tepung yang di goreng
漢堡 Han4 Pau3	Hamburger
蘿蔔糕 Luo2 Po1 Kau1	Kue lobak putih
芋頭糕 I*4 Tho2 Kau1	Kue talas
薯條 Su3 Thiau2	Kentang goreng
薯餅 Su3 Ping3	Kentang goreng bentuk persegi panjang dan pipih
油條 Yo2 Thiau2	Cakwe
三明治 San1 Ming2 Ce4	Sandwich
鐵板麵 Thie3 Pan3 Mien4	Mie thie pan

鮪魚蛋吐司 Wei3 I*2 Tan4 Thu3 Ses1	Roti tawar isi telur dan ikan tuna
火腿 Huo3 Thuei3	Ham
熱狗 Re4 Kou3	Hot dog
香腸 Siang1 Chang2	Sosis
培根 Phei2 Ken1	Bacon
燻肉 Sin*1 Ro4	Daging asap asin
肉鬆 Ro4 Sung1	Abon daging babi
魚鬆 I*2 Sung1	Abon ikan
豬肉鬆 Cu1 Ro4 Sung1	Abon daging babi
雞肉鬆 Ci1 Ro4 Sung1	Abon daging ayam
肉羹 Ro4 Keng1	Sup kental daging babi
花枝羹 Hua1 Ce1 Keng1	Sup kental cumi putih
魷魚羹 Yo2 I*2 Keng1	Sup kental cumi merah

雞絲飯 Ci1 Ses1 Fan4	Nasi yang diatas ada irisan daging ayam
魯肉飯 Lu3 Ro4 Fan4	Nasi yang diatasnya ada daging babi kecap
排骨 Phai2 Ku3	Iga babi
排骨蘿蔔湯 Phai2 Ku3 Luo2 Po1 Thang1	Sup iga babi dan lobak putih
排骨飯 Phai2 Ku3 Fan4	Nasi babi goreng komplit dengan sayur
雞腿飯 Ci1 Thuei3 Fan4	Nasi ayam goreng komplit dengan sayur
控肉飯 Khong4 Ro4 Fan4	Nasi sancam babi kecap komplit dengan sayur
魚排飯 I*2 Phai2 Fan4	Nasi ikan goreng komplit dengan sayur
涼拌 Liang2 Pan4	Asinan
涼拌木瓜 Liang2 Pan4 Mu4 Kua1	Asinan irisan tipis pepaya
涼拌小黃瓜 Liang2 Pan4 Siau3 Huang2 Kua1	Asinan timun
義大利麵 I4 Ta4 Li4 Mien4	Spaghetti
小菜 Siau3 Chai4	Sayur yang disajikan dalam porsi kecil

榨菜肉絲湯麵 Ca4 Chai4 Ro4 Ses1 Thang1 Mien4	Mie kuah dalamnya ada irisan daging babi dan sayur ca chai
酸辣湯 Suan1 La4 Thang1	Sup asam pedas
玉米濃湯 I*4 Mi3 Nung2 Thang1	Sup kental jagung
乾麵 Kan1 Mien4	Bakmi kering
湯麵 Thang1 Mien4	Bakmi kuah
陽春麵 Yang2 Chun1 Mien4	Bakmi kuah
包子 Pau1 Ce1	Bakpau isi
肉包 Ro4 Pau1	Bakpau isi daging
菜包 Cai4 Pau1	Bakpau isi sayur
饅頭 Man2 Tho2	Bakpau tanpa isi
咖哩雞肉飯 Ka1 Li2 Ci1 Ro4 Fan4	Nasi kari ayam
貢丸湯 Kong4 Wan2 Thang1	Sup bakso babi
魚丸湯 I*2 Wan2 Thang1	Sup bakso ikan

牛肉丸 Niu2 Ro4 Wan2	Bakso sapi
牛肉丸麵 Niu2 Ro4 Wan2 Mien4	Mie bakso sapi
牛肉麵 Niu2 Ro4 Mien4	Mie kuah daging sapi
巴東牛肉 Pa1 Tung1 Niu2 Ro4	Daging sapi rendang (makanan Indonesia)
仁當 Ren2 Tang1	Daging sapi rendang (makanan Indonesia)
烤鴨 Khau3 Ya1	Bebek panggang
叉燒 Cha1 Sau1	Babi panggang merah
燒肉 Sau1 Ro4	Babi panggang putih
蛋 Tan4	Telur
荷包蛋 He2 Pau1 Tan4	Telur mata sapi
滷蛋 Lu3 Tan4	Telur kecap
煎蛋 Cien1 Tan4	Telur goreng
蒸蛋 Ceng1 Tan4	Telur tim

雞蛋 Ci1 Tan4	Telur ayam
鴨蛋 Ya1 Tan4	Telur bebek
鳥蛋 Niau3 Tan4	Telur burung
番茄炒蛋 Fan1 Chie2 Chau3 Tan4	Tumis tomat telur
三杯雞 San1 Pei1 Ci1	Ayam tiga cangkir
酸辣湯 Suan1 La4 Thang1	Sup asam pedas
紅燒魚 Hong2 Sau1 I*2	Ikan masak kecap
糖醋排骨 Thang2 Chu4 Phai2 Ku3	Iga babi asam manis
青椒炒牛肉 Ching1 Ciau1 Chau3 Niu2 Ro4	Tumis paprika daging sapi
宮保雞丁 Kung1 Pau3 Ci1 Ting1	Ayam kung pau
麻油雞 Ma2 Yo2 Ci1	Ayam arak minyak wijen
豬肝 Cu1 Kan1	Hati babi
豬腳 Cu1 Ciau3	Kaki babi

豬耳朵 Cu1 Er3 Tuo1	Telinga babi
豬肺 Cu1 Fei4	Paru babi
豬肚 Cu1 Tu4	Daging di bagian perut babi
稀飯 Si1 Fan4	Bubur
粥 Cou1	Bubur
廣東粥 Kuang3 Tung1 Co1	Bubur daerah Kuang Tung Tiongkok
油飯 Yo2 Fan4	Nasi minyak
竹筍湯 Cu2 Sun3 Thang1	Sup rebung
牛排 Niu2 Phai2	Bistik sapi
豬排 Cu1 Phai2	Bistik babi
雞排 Ci1 Phai2	Bistik ayam
肉粽 Ro4 Cong4	Bacang
粽子 Cung4 Ce1	

豆干 To4 Kan1	Tahu kering
豆腐 To4 Fu3	Tahu
豆花 To4 Hua1	Kembang tahu
豆皮 To4 Phi2	Kulit tahu
泡菜 Phau4 Cai4	Asinan ala korea
東山鴨頭 Tung1 San1 Ya1 Tho2	Gorengan kepala bebek yang diolah dengan rempah2 ala Taiwan
壽司 So4 Ses1	Sushi
生魚片 Seng1 I*2 Phien4	Sashimi
胡椒粉 Hu2 Ciau1 Fen3	Bubuk lada
辣椒粉 La4 Ciau1 Fen3	Bubuk cabe
不要辣 Pu2 Yau4 La4	Jangan pedas
小辣 Siau3 La4	Sedikit pedas
中辣 Cung1 La4	Pedas sedang

大辣 Ta4 La4	Sangat pedas
老闆，　我要買一份鹹酥雞。 Lau3 Pan3 , Wo3 Yau4 Mai3 I2 Fen4 Sien2 Su1 Ci1	Pak , saya mau membeli 1 porsi ayam goreng renyah
要胡椒粉，　不要辣。 Yau4 Hu2 Ciau1 Fen3 , Pu2 Yau4 La4	Mau lada bubuk , jangan pedas .
老闆，　我要10個鍋貼。 Lau3 Pan3 , Wo3 Yau4 Se2 Ke1 Kuo1 Thie1	Pak , saya mau 10 dumpling goreng
要喝什麼湯？ Yau4 He1 Se2 Me1 Thang1 ?	Mau minum sup apa ?
一碗酸辣湯。 I4 Wan3 Suan1 La4 Thang1	Semangkuk sup asam pedas .

九、飲料 In3 Liau4	Minuman
冰 Ping1	Teh susu <u>dingin</u>
熱 Re4 奶茶 Nai3 Cha2	Teh susu <u>panas</u>
溫 Wen1	Teh susu <u>hangat</u>
茶 Cha2	Teh
紅茶 Hong2 Cha2	Teh hitam
綠茶 Li*4 Cha2	Teh hijau
烏龍茶 U1 Long2 Cha2	Teh U Long
冬瓜茶 Tung1 Kua1 Cha2	Teh melon musim dingin
檸檬紅茶 Ning2 Mong2 Hong2 Cha2	Teh hitam jeruk nipis
咖啡 Kha1 Fei1	Kopi
冰咖啡 Ping1 Kha1 Fei1	Kopi dingin
熱咖啡 Re4 Kha1 Fei1	Kopi panas

美式咖啡 Mei3 Se4 Kha1 Fei1	Kopi America
卡布奇諾 Kha3 Pu4 Chi2 Nuo4	Kopi Cappuccino
拿鐵 Na2 Thie3	Latte
手搖飲料 So3 Yau2 In3 Liau4	Minuman yang di kocok dengan tangan
微甜 Wei2 Thien2	Sangat sedikit manis
少甜 Sau3 Thien2	Sedikit manis
3 分糖 San1 Fen1 Thang2	30 persen gula
5 分糖 U3 Fen1 Thang2	50 persen gula
半糖 Pan4 Thang2	
7 分糖 Chi1 Fen1 Thang2	70 persen gula
正常冰 Ceng4 Chang2 Ping1	Dingin normal
正常甜度 Ceng4 Chang2 Thien2 Tu4	Manis normal
少冰 Sau3 Ping1	Sedikit dingin

去冰 Chi*4 Ping1	Dingin tapi di dalamnya tidak ada es
奶茶 Nai3 Cha2	Teh susu
鮮奶茶 Sien1 Nai3 Cha2	Teh susu segar
奶綠 Nai3 Li*4	Teh hijau susu
珍珠奶茶 Cen1 Cu1 Nai3 Cha2	Teh susu dalamnya ada buble
波霸奶茶 Po1 Pa4 Nai3 Cha2	Teh susu yang dalamnya ada buble besar
布丁奶茶 Pu4 Ting1 Nai3 Cha2	Teh susu puding
蜂蜜奶茶 Feng1 Mi4 Nai3 Cha2	Teh susu madu
水果茶 Suei3 Kuo3 Cha2	Teh yang terbuat dari beberapa macam buah segar
茶包 Cha2 Pau1	Teh celup
茶葉 Cha2 Ye4	Daun teh
牛奶 Niu2 Nai3	Susu sapi
羊奶 Yang2 Nai3	Susu kambing

豆漿 To4 Ciang1	Susu kacang
米漿 Mi3 Ciang1	Minuman manis kental yang terbuat dari beras
糖漿 Thang2 Ciang1	Sirop
汽水 Chi4 Suei3	Minuman ringan , soft drink
可可 Khe3 Khe3	Minuman terbuat dari coklat
可樂 Khe3 Le4	Coca cola
可口可樂 Khe3 Kho3 Khe3 Le4	
雪碧 Sie*3 Pi4	Sprite
開水 Khai1 Suei3	Air putih
溫開水 Wen1 Khai1 Suei3	Air putih hangat
冰開水 Ping1 Khai1 Suei3	Air putih dingin
熱開水 Re4 Khai1 Suei3	Air putih panas
氣泡水 Chi4 Phau4 Suei3	Minuman soda

酒ㄐㄧㄡˇ Cio3	Arak
葡ㄆㄨˊ萄ㄊㄠˊ酒ㄐㄧㄡˇ Phu2 Tau2 Cio3	Anggur
啤ㄆㄧˊ酒ㄐㄧㄡˇ Phi2 Cio3	Bir
台ㄊㄞˊ灣ㄨㄢ啤ㄆㄧˊ酒ㄐㄧㄡˇ Thai2 Wan1 Phi2 Cio3	Bir Taiwan
果ㄍㄨㄛˇ汁ㄓ Kuo3 Ce1	Jus
蘋ㄆㄥˊ果ㄍㄨㄛˇ汁ㄓ Phing2 Kuo3 Ce1	Jus apel
柳ㄌㄧㄡˇ丁ㄉㄧㄥ汁ㄓ Liu3 Ting1 Ce1	Jus jeruk
檸ㄋㄧㄥˊ檬ㄇㄥˊ汁ㄓ Ning2 Mong2 Ce1	Jus jeruk nipis
運ㄩㄣˋ動ㄉㄨㄥˋ飲ㄧㄣˇ料ㄌㄧㄠˋ In*4 Tung4 In3 Liau4	Minuman yang mengandung energy untuk olahraga
仙ㄒㄧㄢ草ㄘㄠˇ蜜ㄇㄧˋ Sien1 Chau3 Mi4	Minuman terbuat dari cincau dan madu
芋ㄩˋ頭ㄊㄡˊ牛ㄋㄧㄡˊ奶ㄋㄞˇ I*4 Tho2 Niu2 Nai3	Minuman terbuat dari talas dan susu segar
芒ㄇㄤˊ果ㄍㄨㄛˇ冰ㄅㄧㄥ沙ㄕㄚ Mang2 Kuo3 Ping1 Sa1	Es serut yang dalamnya ada potongan mangga
綠ㄌㄩˋ豆ㄉㄡˋ沙ㄕㄚ Li*4 To4 Sa1	Es kacang hijau

綠豆沙牛奶 Li*4 To4 Sa1 Niu2 Nai3	Es kacang hijau ditambah susu segar
甘蔗汁 Kan1 Ce4 Ce1	Air tebu
阿華田 A1 Hua2 Thien2	Susu ovaltine
我要兩杯波霸奶茶， Wo3 Yau4 Liang3 Pei1 Po1 Pa4 Nai3 Cha2	Saya ingin 2 gelas teh susu dan buble besar .
一杯半糖少冰， I4 Pei1 Pan4 Thang2 Sau3 Ping1	1 gelas gula setengah dan sedikit es
一杯正常甜度少冰。 I4 Pei1 Ceng4 Chang2 Thien2 Tu4 Sau3 Ping1	1 gelas gula normal dan sedikit es

十ㄕˊ ㄅˋ 問ㄨㄣˋ 路ㄌㄨˋ Wen4 Lu4		Cari jalan
到ㄉㄠˋ Tau4	醫ㄧ院ㄩㄢˋ I1 Yuen*4 郵ㄧㄡˊ局ㄐㄩˊ Yo2 Ci*2 銀ㄧㄣˊ行ㄏㄤˊ In2 Hang2	怎ㄗㄣˇ麼ㄇㄜˊ走ㄗㄡˇ？ Cen3 Me1 Cuo3

醫ㄧ院ㄩㄢˋ	Bagaimana cara pergi ke <u>rumah sakit</u> ?
郵ㄧㄡˊ局ㄐㄩˊ	Bagaimana cara pergi ke <u>kantor pos</u> ?
銀ㄧㄣˊ行ㄏㄤˊ	Bagaimana cara pergi ke <u>Bank</u> ?

左ㄗㄨㄛˇ邊ㄅㄧㄢ Cuo3 Pien1	Sebelah kiri
右ㄧㄡˋ邊ㄅㄧㄢ Yo4 Pien1	Sebelah kanan
左ㄗㄨㄛˇ轉ㄓㄨㄢˇ Cuo3 Cuan3	Belok kiri
右ㄧㄡˋ轉ㄓㄨㄢˇ Yo4 Cuan3	Belok kanan
前ㄑㄧㄢˊ面ㄇㄧㄢˋ Chien2 Mien4	Depan
後ㄏㄡˋ面ㄇㄧㄢˋ Ho4 Mien4	Belakang
對ㄉㄨㄟˋ面ㄇㄧㄢˋ Tuei4 Mien4	Seberang jalan
直ㄓˊ走ㄗㄡˇ Ce2 Cuo3	Jalan terus
在ㄗㄞˋ哪ㄋㄚˇ裡ㄌㄧˇ？ Cai4 Na3 Li3 ?	Dimana ?

93

這邊 Ce4 Pien1	Disini
那邊 Na4 Pien1	Disana
沿著路 Yen2 Ce1 Lu4	Sepanjang jalan
還要多久？ Hai2 Yau4 Tuo1 Cio3 ?	Berapa lama lagi ?
還有多遠？ Hai2 Yo3 Tuo1 Yuen*3 ?	Berapa jauh lagi ?
還很遠 Hai2 Hen3 Yuen*3	Masih sangat jauh
附近 Fu4 Cin4	Sekitar
請問 Ching3 Wen4	Maaf , numpang tanya
在哪裡？ Cai4 Na3 Li3 ?	Dimana ?
紅綠燈 Hong2 Li*4 Teng1	Lampu merah
橋下 Chiau2 Sia4	Dibawah jembatan
天橋 Thien1 Chiau2	Jembatan atas
斑馬線 Pan1 Ma3 Sien4	Zebra cross

路標 Lu4 Piau1	Penunjuk jalan
藥局 Yau4 Ci*2	Toko obat , apotik
醫院 I1 Yuen*4	Rumah sakit
診所 Cen3 Suo3	Klinik
警察局 Cing3 Cha2 Chi*2	Kantor polisi
消防局 Siau1 Fang2 Ci*2	Pemadam kebakaran
市場 Se4 Chang3	Pasar
超市 Chau1 Se4	Swalayan
便利商店 Pien4 Li4 Sang1 Tien4	Toko mini market
電影院 Tien4 Ing3 Yuen*4	Bioskop
洗手間 Si3 So3 Cien1	Toilet
廁所 Ce4 Suo3	
圖書館 Tu2 Su1 Kuan3	Perpustakaan

郵局 Yo2 Ci*2	Kantor pos
公園 Kung1 Yuen*3	Taman
車站 Che1 Can4	Stasiun bis
公共電話 Kung1 Kung4 Tien4 Hua4	Telepon umum
銀行 In2 Hang2	Bank
餐廳 Can1 Thing1	Restaurant
百貨公司 Pai3 Huo4 Kung1 Ses1	Department store
地下通道 Ti4 Sia4 Thong1 Tau4	Jalan bawah tanah
馬路 Ma3 Lu4	Jalan
過馬路 Kuo4 Ma3 Lu4	Menyeberang jalan
街道 Cie1 Tau4	Jalanan
商場 Sang1 Chang3	Pertokoan
路口 Lu4 Kho3	Persimpangan jalan

過了一個路口 Kuo4 Le1 I2 Ke1 Lu4 Kho3	Lewati satu persimpangan jalan
繼續往前走 Ci4 Si*4 Wang3 Chien2 Cuo3	Terus berjalan ke depan
你走過頭了 Ni3 Cuo3 Kuo4 Tho2 Le1	Kamu kelewatan jalan
走反了 Cuo3 Fan3 Le1	Arah jalan terbalik
走錯方向了 Cuo3 Cuo4 Fang1 Siang4 Le1	Jalan salah arah
你必須往回走 Ni3 Pi4 Si*1 Wang3 Huei2 Cuo3	Kamu harus berbalik arah jalan
這裡附近有捷運嗎？ Ce4 Li3 Fu4 Cin4 Yo3 Cie2 In*4 Ma1 ?	Apakah daerah sini ada MRT ?
你沿著這條路直走， Ni3 Yen2 Ce1 Ce4 Thiau2 Lu4 Ce2 Cuo3	Kamu mengikuti jalan ini berjalan terus ,
過兩個紅綠燈就到 了。 Kuo4 Liang3 Ke1 Hong2 Li*4 Teng1 Cio4 Tau4 Le1	Melewati 2 lampu merah sampai disana .
請你說慢一點 Ching3 Ni3 Suo1 Man4 I4 Tien3	Mohon kamu bicara lebih lambat sedikit
請你說快一點 Ching3 Ni3 Suo1 Khuai4 I4 Tien3	Mohon kamu bicara lebih cepat sedikit
我迷路了 Wo3 Mi2 Lu4 Le1	Saya tersesat

到這裡怎麼走呢？ Tau4 Ce4 Li3 Cen3 Me1 Cuo3 Ne1 ?	Bagaimana jalan ke sini ?
到那邊怎麼走呢？ Tau4 Na4 Pien1 Cen3 Me1 Cuo3 Ne1 ?	Bagaimana jalan ke sana ?
你已經走過頭了 Ni3 I3 Cing1 Cuo3 Kuo4 Tho2 Le1	Kamu sudah melewatinya
從這裡走路過去遠嗎？ Chung2 Ce4 Li3 Cuo3 Lu4 Kuo4 Chi*4 Yuen*3 Ma1 ?	Apakah dari sini jalan kesana jauh ?
不遠， 10 分鐘就到了 Pu4 Yuen*3 , Se2 Fen1 Cung1 Cio4 Tau4 Le1	Tidak jauh , 10 menit sampai
對不起 Tuei4 Pu4 Chi3	Maaf , sorry
抱歉 Pau4 Chien4	
不好意思 Pu4 Hau3 I4 Ses1	
請問 Ching3 Wen4	Numpang tanya
我要去對面 Wo3 Yau4 Chi*4 Tuei4 Mien4	Saya ingin pergi ke seberang
我要去那邊 Wo3 Yau4 Chi*4 Na4 Pien1	Saya ingin pergi kesana
這邊是什麼路呢？ Ce4 Pien1 Se4 Se2 Me1 Lu4 Ne1 ?	Nama jalan ini apa ?

到那邊很遠嗎？ Tau4 Na4 Pien1 Hen3 Yuen*3 Ma1 ?	Apakah sampai sana sangat jauh?
離這裡很近嗎？ Li2 Ce4 Li3 Hen3 Cin4 Ma1 ?	Apakah dari sini sangat dekat ?
不遠 Pu4 Yuen*3	Tidak jauh
這個地方不好找 Ce4 Ke1 Ti4 Fang1 Pu4 Hau3 Cau3	Tempat ini tidak mudah dicari
請問，如果我要到那邊， Ching3 Wen4, Ru2 Kuo3 Wo3 Yau4 Tau4 Na4 Pien1	Maaf , jika saya ingin pergi ke sana ,
走路大概幾分鐘呢？ Cuo3 Lu4 Ta4 Kai4 Ci3 Fen1 Cung1 Ne1 ?	Jalan kaki sekitar berapa menit ?
不好意思，請教一下 Pu4 Hau3 I4 Ses1 , Ching3 Ciau4 I2 Sia4	Sorry , mohon tanya
從這裡到台北火車站 Chung2 Ce4 Li3 Tau4 Tai2 Pei3 Huo3 Che1 Can4	Dari sini ke stasiun Taipei Main Station
怎麼走呢？ Cen3 Me1 Cuo3 Ne1 ?	Bagaimana jalannya ?
很簡單， Hen3 Cien3 Tan1 ,	Sangat mudah ,
直走就到了 Ce2 Cuo3 Cio4 Tau4 Le1	Jalan terus sampai disana .

很遠喔 Hen3 Yuen*3 Oh1	Sangat jauh loh
走路過去比較遠， Cuo3 Lu4 Kuo4 Chi*4 Pi3 Ciau4 Yuen*3	Jalan kesana jauh ,
你最好坐公車。 Ni3 Cuei4 Hau3 Cuo4 Kung1 Che1	Kamu paling baik naik bis kesana.
你要坐公車才能到， Ni3 Yau4 Cuo4 Kung1 Che1 Cai2 Neng2 Tau4,	Kamu naik bis baru bisa sampai kesana ,
從那邊的公車站牌上車， Chung2 Na4 Pien1 Te1 Kung1 Che1 Can4 Phai2 Sang4 Che1	Dari halte bis sebelah sana kamu naik bis,
你要坐 235 公車， Ni3 Yau4 Cuo4 El4 San1 U3 Kung1 Che1	Kamu naik bis nomor 235 ,
大概五站就下車， Ta4 Kai4 U3 Can4 Cio4 Sia4 Che1 ,	Lewati sekitar 5 halte baru kamu turun bis ,
再走路五分鐘就到了 Cai4 Cuo3 Lu4 U3 Fen1 Cung1 Cio4 Tau4 Le1	Jalan kaki 5 menit lagi baru sampai .
抱歉，　我對這裡不太熟， Pau4 Chien4 , Wo3 Tuei4 Ce4 Li3 Pu2 Thai4 So2	Sorry ya , saya tidak terlalu tahu daerah sini ,

你可以問對面店家的老闆， Ni3 Khe3 I3 Wen4 Tuei4 Mien4 Tien4 Cia1 Te1 Lau3 Pan3 ,	Kamu bisa menanyakan ke pemilik toko di seberang sana ,
他對這裡應該比較熟吧。 Tha1 Tuei4 Ce4 Li3 Ing1 Kai1 Pi3 Ciau4 So2 Pa1 .	Dia seharusnya lebih tahu daerah sini .
這裡有洗手間嗎？ Ce4 Li3 Yo3 Si3 So3 Cien1 Ma1 ?	Apakah disini ada toilet ?
這附近有廁所嗎？ Ce4 Fu4 Cin4 Yo3 Che4 Suo3 Ma1?	Apakah di sekitar sini ada toilet ?
廁所在那邊 Ce4 Suo3 Cai4 Na4 Pien1	WC ada disana

🔔 1-11

十一、交通工具 Ciau1 Thong1 Kung1 Chi*4	Alat Transportasi
搭 Ta1　捷運 Cie2 In*4	Naik <u>MRT</u>
公車 Kung1 Che1	Naik <u>Bis</u>
計程車 Ci4 Cheng2 Che1	Naik <u>Taxi</u>
捷運 Cie2 In*4	MRT
地鐵 Ti4 Thie3	MRT
公車 Kung1 Che1	Bis
巴士 Pa1 Se4	Bis
機場巴士 Ci1 Chang3 Pa1 Se4	Bis airport
觀光巴士 Kuan1 Kuang1 Pa1 Se4	Bis pariwisata
雙層露天巴士 Suang1 Cheng2 Lu4 Thien1 Pa1 Se4	Bis dua susun dengan tingkat atas terbuka
高鐵 Kau1 Thie3	Kereta super cepat
火車 Huo3 Che1	Kereta api

計ㄐㄧˋ程ㄔㄥˊ車ㄔㄜ Ci4 Cheng2 Che1	Taxi
腳ㄐㄧㄠˇ踏ㄊㄚˋ車ㄔㄜ Ciau3 Tha4 Che1	Sepeda
自ㄗˋ行ㄒㄧㄥˊ車ㄔㄜ Ce4 Sing2 Che1	
船ㄔㄨㄢˊ Chuan2	Kapal laut
漁ㄩˊ船ㄔㄨㄢˊ I*2 Chuan2	Kapal nelayan
貨ㄏㄨㄜˋ櫃ㄍㄨㄟˋ船ㄔㄨㄢˊ Huo4 Kuei4 Chuan2	Kapal laut angkut container
貨ㄏㄨㄜˋ運ㄩㄣˋ船ㄔㄨㄢˊ Huo4 In*4 Chuan2	Kapal laut barang
貨ㄏㄨㄜˋ船ㄔㄨㄢˊ Huo4 Chuan2	
貨ㄏㄨㄜˋ輪ㄌㄨㄣˊ Huo4 Lun2	
私ㄙ人ㄖㄣˊ船ㄔㄨㄢˊ Ses1 Ren2 Chuan2	Kapal laut pribadi
遊ㄧㄡˊ艇ㄊㄧㄥˇ Yo2 Thing3	Kapal pesiar kecil
遊ㄧㄡˊ輪ㄌㄨㄣˊ Yo2 Lun2	Kapal pesiar
渡ㄉㄨˋ輪ㄌㄨㄣˊ Tu4 Lun2	Kapal ferry

潛水艇 Chien2 Suei3 Thing3	Kapal selam
飛機 Fei1 Ci1	Kapal terbang
私人飛機 Ses1 Ren2 Fei1 Ci1	Pesawat pribadi
貨機 Huo4 Ci1	Pesawat angkut barang
直升機 Ce2 Seng1 Ci1	Helikopter
卡車 Kha3 Che1	Truk
汽車 Chi4 Che1	Mobil
遊覽車 Yo2 Lan3 Che1	Bis pariwisata
警車 Cing3 Che1	Mobil polisi
救護車 Cio4 Hu4 Che1	Mobil ambulance
校車 Siau4 Che1	Mobil sekolah
休旅車 Sio1 Li*3 Che1	Mobil olahraga yang mempunyai banyak fungsi
消防車 Siau1 Fang2 Che1	Mobil pemadam kebakaran

貨車	Mobil barang
Huo4 Che1	
垃圾車	Mobil sampah
Le4 Se4 Che1	
摩托車	Motor
Mo2 Tho1 Che1	
電動腳踏車	Sepeda listrik
Tien4 Tung4 Ciau3 Tha4 Che1	
電動自行車	
Tien4 Tung4 Ce4 Sing2 Che1	
電動機車	Motor listrik
Tien4 Tung4 Ci1 Che1	
電動車	Mobil listrik
Tien4 Tung4 Che1	
纜車	Cable car
Lan3 Che1	
電車	Trem
Tien4 Che1	

🔊 1-12

十二、搭捷運 Ta1 Cie2 In*4	Naik MRT
台北車站 Thai2 Pei3 Che1 Can4	Mohon di <u>stasiun Taipei Main Station</u> pindah kendaraan
請在 古亭站 轉車 Ching3 Cai4 Ku3 Thing2 Can4 Cuan3 Che1	Mohon di <u>stasiun Khu Thing</u> pindah kendaraan
三重站 San1 Chung2 Can4	Mohon di <u>stasiun San Chong</u> pindah kendaraan
捷運 Cie2 In*4 地鐵 Ti4 Thie3	MRT
輕軌 Ching1 Kuei3	LRT
悠遊卡 Yo1 Yo2 Kha3	Easy card
TPASS 悠遊卡 TPASS Yo1 Yo2 Kha3	TPASS Easy Card
TPASS 基北北桃都會通 TPASS Ci1 Pei3 Pei3 Thau3 Tu1 Huei4 Thong1	TPASS Megacity Pass untuk daerah Ci Lung , Taipei , New Taipei City dan Thau Yuen
TPASS 專用道 TPASS Cuan1 Yung4 Tau4	Jalur khusus tiket TPASS
補票 Pu3 Phiau4	Tambah kekurangan biaya tiket

加值 Cia1 Ce2	Tambah isi pulsa kartu
票價 Phiau4 Cia4	Harga tiket
票種 Phiau4 Cong3	Jenis tiket
普通票 Phu3 Thong1 Phiau4	Tiket normal
團體票 Thuan2 Thi3 Phiau4	Tiket group
自行車票 Ce4 Sing2 Che1 Phiau4	Tiket sepeda
學生票 Siue*2 Seng1 Phiau4	Tiket pelajar
1,200 月票 I4 Chien1 Liang3 Pai3 Yue*4 Phiau4	Tiket bulanan NT 1,200
1,200 都會通 I4 Chien1 Liang3 Pai3 Tu1 Huei4 Thong1	Megacity pass bulanan NT 1,200
台北捷運一日票 Thai2 Pei3 Cie2 In*4 I2 Re4 Phiau4	Tiket 1 hari naik MRT sepuasnya
出入口 Chu1 Ru4 Kho3	Pintu keluar masuk
推 Thuei1	Dorong
拉 La1	Tarik

北ㄅ北ㄅ基ㄐ桃ㄊ Pei3 Pei3 Ci1 Thau2	Taipei , New Taipei City, Ci Lung , Thau Yuen
文ㄨㄣ湖ㄏㄨ線ㄒㄢ Wen2 Hu2 Sien4	Jalur Wen Hu
咖ㄎㄚ啡ㄈㄟ色ㄙㄜ線ㄒㄢ Kha1 Fei1 Se4 Sien4	Jalur warna coklat
淡ㄉㄢ水ㄕㄨㄟ信ㄒㄣ義ㄧ線ㄒㄢ Tan4 Suei3 Sin4 I4 Sien4	Jalur Tan Suei - Sin I
紅ㄏㄨㄥ色ㄙㄜ線ㄒㄢ Hong2 Se4 Sien4	Jalur warna merah
松ㄙㄨㄥ山ㄕㄢ新ㄒㄣ店ㄉㄧㄢ線ㄒㄢ Sung1 San1 Sin1 Tien4 Sien4	Jalur Sung San – Sin Tien
綠ㄌㄩ色ㄙㄜ線ㄒㄢ Li*4 Se4 Sien4	Jalur warna hijau
中ㄓㄨㄥ和ㄏㄜ新ㄒㄣ蘆ㄌㄨ線ㄒㄢ Cung1 He2 Sin1 Lu2 Sien4	Jalur Cung He – Sin Cuang atau Lu Co
橘ㄐㄩ色ㄙㄜ線ㄒㄢ Ci*2 Se4 Sien4	Jalur warna orange
環ㄏㄨㄢ狀ㄓㄨㄤ線ㄒㄢ Huan2 Cuang4 Sien4	Jalur Huan Cuang
黃ㄏㄨㄤ色ㄙㄜ線ㄒㄢ Huang2 Se4 Sien4	Jalur warna kuning
板ㄅㄢ南ㄋㄢ線ㄒㄢ Pan3 Nan2 Sien4	Jalur Pan Nan
藍ㄌㄢ色ㄙㄜ線ㄒㄢ Lan2 Se4 Sien4	Jalur warna biru

上網可以看路線圖 Sang4 Wang3 Khe3 I3 Khan4 Lu4 Sien4 Thu2	Internet bisa lihat denah jalur jalan
單程票 Tan1 Cheng2 Phiau4	Tiket sekali jalan
單程票售票機 Tan1 Cheng2 Phiau4 So4 Phiau4 Ci1	Mesin menjual tiket satu jalan
售卡加值機 So4 Kha3 Cia1 Ce2 Ci1	Mesin mengisi pulsa kartu
投入口 Tho2 Ru4 Kho3	Lubang masukkan koin
直接投入 Ce2 Cie1 Tho2 Ru4	Langsung masukkan ke lubang
台北捷運 Thai2 Pei3 Cie2 In*4	Taipei MRT
雙北捷運 Suang1 Pei3 Cie3 In*4	Taipei dan New Taipei City MRT
台中捷運 Thai2 Cung1 Cie2 In*4	Taicung MRT
高雄捷運 Kau1 Siung2 Cie2 In*4	Kau Siung MRT
站 Can4	Stasiun
車站 Che1 Can4	Stasiun
轉 Cuan3	Transfer , pindah

出ㄔㄨ口ㄎㄡˇ 1 Chu1 Kho3 I1	Pintu 1
月ㄩㄝˋ臺ㄊㄞˊ Yue*4 Thai2	Peron
列ㄌㄧㄝ車ㄔㄜ Lie4 Che1	Gerbong
車ㄔㄜ廂ㄒㄧㄤ Che1 Siang1	
車ㄔㄜ號ㄏㄠˋ Che1 Hau4	Nomor gerbong
對ㄉㄨㄟ講ㄐㄧㄤ機ㄐㄧ Tuei4 Ciang3 Ci1	Intercom
詢ㄒㄩㄣ問ㄨㄣˋ處ㄔㄨˋ Sin*2 Wen4 Chu4	Tempat bertanya
捷ㄐㄧㄝ運ㄩㄣˋ客ㄎㄜˋ服ㄈㄨˊ中ㄓㄨㄥ心ㄒㄧㄣ Cie2 In*4 Khe4 Fu2 Cung1 Sin1	Customer service MRT
電ㄉㄧㄢ梯ㄊㄧ Tien4 Thi1	Lift
電ㄉㄧㄢ扶ㄈㄨˊ梯ㄊㄧ Tien4 Fu2 Thi1	Tangga jalan
手ㄕㄡˇ扶ㄈㄨˊ梯ㄊㄧ So3 Fu2 Thi1	
滅ㄇㄧㄝ火ㄏㄨㄛˇ器ㄑㄧ Mie4 Huo3 Chi4	Tabung pemadam kebakaran
消ㄒㄧㄠ防ㄈㄤˊ栓ㄕㄨㄢ Siau1 Fang2 Suan1	Pipa air untuk pemadam kebakaran

注意 Cu4 I4	Perhatikan
緊急出口 Cin3 Ci2 Chu1 Kho3	Pintu darurat
緊急停機 Cin3 Ci2 Thing2 Ci1	Matikan mesin dalam keadaan darurat
停機鈕 Thing2 Ci1 Niu3	Tombol matikan mesin
按此開啟 An4 Ces3 Khai1 Chi3	Tekan ini nyalakan mesin
扶手速度比較快， Fu2 So3 Su4 Tu4 Pi3 Ciau4 Khuai4	Tangga jalan lebih cepat jalannya,
請緊握扶手 Ching3 Cin3 Wo4 Fu2 So3	Tolong untuk berpegang erat ke pegangan .
站穩踏階 Can4 Wen3 Tha4 Cie1	Berdiri kokoh
小心月台間隙 Siau3 Sin1 Yue*4 Thai2 Cien4 Si4	Hati – hati cekungan di peron
關門時勿進出 Kuan1 Men2 Se2 U4 Cin4 Chu1	Dilarang keluar masuk waktu pintu tertutup
勿倚靠車門 U4 I3 Khau4 Che1 Men2	Tidak bersandar ke pintu
小心夾手 Siau3 Sin1 Cia2 So3	Hati – hati tangan terjepit
燈閃時本側開門 Teng1 San3 Se2 Pen3 Che4 Khai1 Men2	Waktu lampu kedap kedip pintu ini akan terbuka

讓座給老弱婦孺 Rang4 Cuo4 Kei3 Lau3 Rou4 Fu4 Ru2	Berikan tempat duduk kepada orang tua , wanita dan anak yang lemah
博愛座 Po2 Ai4 Cuo4	Priority Seat
請優先禮讓座位給需要的旅客 Ching3 Yo1 Sien1 Li3 Rang4 Cuo4 Wei4 Kei3 Si*1 Yau4 Te1 Li*3 Khe4	Tolong berikan tempat duduk ke penumpang yang membutuhkan
免票孩童走前面 Mien3 Phiau4 Hai2 Thong2 Cuo3 Chien2 Mien4	Anak yang tidak membayar tiket berjalan di depan
請家長留意小孩的手 Ching3 Cia1 Cang3 Lio2 I4 Siau3 Hai2 Te1 So3	Tolong orang tua memperhatikan tangan anak
勿靠在閘門上避免夾傷 U4 Khau4 Cai4 Ca2 Men2 Sang4 Pi4 Mien3 Cia2 Sang1	Untuk tidak menempel di pintu supaya tidak terluka
如需要協助， Ru2 Si*1 Yau4 Sie2 Cu4 ,	Jika ada membutuhkan bantuan ,
請通知服務人員。 Ching3 Thong1 Ce1 Fu2 U4 Ren2 Yuen*2	Tolong hubungi petugas .
禁止攀爬 Cin4 Ce3 Phan1 Pha2	Dilarang memanjat
小心地滑 Siau1 Sin1 Ti4 Hua2	Hati – hati jalan licin

請問， 我要到古亭捷運站， Ching3 Wen4 , Wo3 Yau4 Tau4 Ku3 Thing2 Cie2 In*4 Can4 ,	Numpang tanya , saya mau ke stasiun MRT Ku Thing ,
怎麼去呢？ Cen3 Me1 Ci*3 Ne1 ?	Bagaimana cara ke sana ?
你坐橘色線就可以到了。 Ni3 Cuo4 Ci*2 Se4 Sien4 Cio4 Khe3 I3 Tau4 Le1	Kamu naik jalur warna orange bisa sampai ke sana .
你要先坐紅色線， Nie3 Yau4 Sien1 Cuo4 Hong2 Se4 Sien4	Kamu lebih dulu naik jalur warna merah ,
先到民權西路， Sien1 Tau4 Min2 Chuen*2 Si1 Lu4 ,	Lebih dulu ke Ming Chuen Si Lu,
然後再轉乘橘色線， Ran2 Ho4 Cai4 Cuan3 Cheng2 Ci*2 Se4 Sien4,	Lalu baru pindah ke jalur warna orange ,
到古亭站喔。 Tau4 Ku3 Thing2 Can4 Oh1	Sampai ke MRT Ku Thing loh .
如果你要坐機捷， Ru2 Kuo3 Ni3 Yau4 Cuo4 Ci1 Cie2 ,	Jika kamu ingin naik MRT airport ,
可以從三重站或， Khe3 I3 Chung2 San1 Chung2 Can4 Huo4 ,	Bisa dari stasiun San Chong atau,
台北車站轉乘機捷。 Thai2 Pei3 Che1 Can4 Cuan3 Cheng2 Ci1 Cie2。	Stasiun Taipei Main Station transfer ke MRT airport .

🔔 1-13

十三、搭高鐵 Ta1 Kau1 Thie3	Naik Kereta Super Cepat
高鐵 Kau1 Thie3	Kereta super cepat
高鐵站 Kau1 Thie3 Can4	Stasiun kereta super cepat
早鳥票 Cau3 Niau3 Phiau4	Tiket yang di beli jauh hari sebelumnya
網路訂票 Wang3 Lu4 Ting4 Phiau4	Pesan tiket melalui internet
優待票 Yo1 Tai4 Phiau4	Tiket yang ada discount
自由座 Ce4 Yo2 Cuo4	Bebas duduk di mana saja
對號座 Tuei4 Hau4 Cuo4	Tiket yang ada nomor tempat duduk
敬老票 Cing4 Lau3 Phiau4	Tiket untuk orang tua di atas 65 tahun
愛心票 Ai4 Sin1 Phiau4	Tiket untuk orang yang mempunyai hambatan fungsi tubuh
身心障礙 Sen1 Sin1 Cang4 Ai4	Orang yang mempunyai hambatan fungsi tubuh
身心障礙證明 Sen1 Sin1 Cang4 Ai4 Ceng4 Ming2	Kartu yang dikeluarkan untuk orang yang mempunyai hambatan fungsi tubuh
兒童票 Er2 Thong2 Phiau4	Tiket anak dibawah 12 tahun

團體票 Thuan2 Thi3 Phiau4	Tiket group
旅客 Li*3 Khe4	Penumpang
無障礙座位 U2 Cang4 Ai4 Cuo4 Wei4	Tempat duduk untuk orang yang tidak bisa jalan
無障礙廁所 U2 Cang4 Ai4 Ce4 Suo3	Toilet untuk penumpang yang tidak bisa jalan
行動不便旅客 Sing2 Tung4 Pu2 Pien4 Li*3 Khe4	Penumpang yang tidak bisa berjalan
坐輪椅 Cuo4 Lun2 I3	Duduk di kursi roda
電動輪椅 Tien4 Tung4 Lun2 I3	Kursi roda listrik
摺疊式輪椅 Ce2 Tie2 Se4 Lun2 I3	Kursi roda yang bisa dilipat
充電插座 Chung1 Tien4 Cha1 Cuo4	Sakelar listrik untuk mengisi daya listrik
車站售票窗口 Che1 Can4 So4 Phiau4 Chuang1 Kho3	Loket penjualan tiket di stasiun
預訂 I*4 Ting4	Memesan lebih dulu
保健室 Pau3 Cien4 Se4	Kamar perawatan
哺集乳室 Pu3 Ci2 Ru3 Se4	Kamar untuk menyusui bayi

沙發 Sa1 Fa1	Sofa
尿布更換 Niau4 Pu4 Keng1 Huan4	Ganti popok
洗手檯 Si3 So3 Thai2	Wastafel
提供冷熱飲用水 Thi2 Kung1 Leng3 Re4 In3 Yung4 Suei3	Menyediakan air minum panas dan dingin
親子廁所 Chin1 Ce2 Che4 Suo3	Toilet untuk ibu dan anak
兒童馬桶 Er2 Thong2 Ma3 Thong3	Closet untuk anak kecil
兒童安全座椅 El2 Thong2 An1 Chuen*2 Cuo4 I3	Tempat duduk anak yang aman
尿布台 Niau4 Pu4 Thai2	Meja untuk ganti popok
緊急逃生窗 Cin3 Ci2 Thau2 Seng1 Chuang1	Jendela untuk melarikan diri pada waktu keadaan darurat
破窗槌 Pho4 Chuang1 Cuei2	Palu untuk memecahkan jendela
請問，我可以坐高鐵到花蓮嗎？ Ching3 Wen4 , Wo3 Khe3 I3 Cuo4 Kau1 Thie3 Tau4 Hua1 Lien2 Ma1 ?	Numpang tanya , apakah saya bisa pergi ke Hua Lien naik kereta super cepat ?

不行， 高鐵只有服務西線， Pu4 Sing2 , Kau1 Thie3 Ce3 Yo3 Fu2 U4 Si1 Sien4 ,	Tidak bisa , kereta super cepat hanya melayani jalur barat
花蓮是在東線。 Hua1 Lien2 Se4 Cai4 Tung1 Sien4	Hua Lien ada di jalar timur ,
你可以坐火車或客運到花蓮。 Nie3 Khe3 I3 Cuo4 Huo3 Che1 Huo4 Khe4 In*4 Tau4 Hua1 Lien2 .	Kamu bisa naik kereta api atau bis ke Hua Lien .
從南港直接到高雄， Chung2 Nan2 Kang3 Ce2 Cie1 Tau4 Kau1 Siung2 ,	Dari Nan Kang langsung ke Kau Siung ,
大概幾個小時可以到呢？ Ta4 Kai4 Ci3 Ke1 Siau3 Se2 Khe3 I3 Tau4 Ne1 ?	Kira – kira berapa jam bisa sampai ?
不到兩個小時就到高雄了。 Pu2 Tau4 Liang3 Ke1 Siau3 Se2 Cio4 Tau4 Kau1 Siung2 Le1	Tidak sampai 2 jam sampai ke Kau Siung
你不要買每站停的票， Ni3 Pu2 Yau4 Mai3 Mei3 Can4 Thing2 Te1 Phiau4	Kamu jangan beli tiket yang setiap stasiun berhenti ,

你要買只停台北、板橋、台中， Ni3 Yau4 Mai3 Ce3 Thing2 Thai2 Pei3 , Pan3 Chiau2 , Thai2 Cung1	Kamu beli tiket yang hanya berhenti di Taipei , Pan Chiau , Taicung ,
然後直達到高雄的票 Ran2 Ho4 Ce2 Ta2 Tau4 Kau1 Siung2 Te1 Phiau4	Lalu langsung menuju Kau Siung
不用在高鐵站買票， Pu2 Yung4 Cai4 Kau1 Thie3 Can4 Mai3 Phiau4	Tidak usah pergi ke stasiun Kau Thie beli tiket ,
在便利商店就可以買高鐵票。 Cai4 Pien4 Li4 Sang1 Tien4 Cio4 Khe3 I3 Mai3 Kau1 Thie3 Phiau4	Ditoko mini market dapat membeli tiket kereta super cepat

十四、搭火車 Ta1 Huo3 Che1	Naik Kereta Api
TR-PASS 一般三日券 TR-PASS I4 Pan1 San1 Re4 Chuen4	Tiket kereta api 3 hari bebas untuk naik kereta api
悠遊券 Yo1 Yo2 Chuen*4	Tiket 1 hari bebas naik kereta api
一日週遊券 I2 Re4 Co1 Yo2 Chuen*4	Tiket 1 hari bebas naik kereta api
臺鐵 Thai2 Thie3	Kereta api Taiwan
臺灣鐵路 Thai2 Wan1 Thie3 Lu4	
自強號 Ce4 Chiang2 Hau4	Kereta api kelas 1
莒光號 CI*3 Kuang1 Hau4	Kereta api kelas 2
復興號 Fu4 Sing1 Hau4	Kereta api kelas 3
太魯閣號 Thai4 Lu3 Ke2 Hau4	Kereta api kelas 1
普悠瑪號 Phu3 Yo1 Ma3 Hau4	Kereta api kelas 1
區間車 Chi*1 Cien1 Che1	Kereta api yang paling lambat dan setiap stasiun berhenti
對號座 Tuei4 Hau4 Cuo4	Tempat duduk berdasarkan yang tertera di tiket

站票 Can4 Phiau4	Tiket berdiri
停靠站 Thing2 Khau4 Can4	Stasiun pemberhentian
單程票 Tan1 Cheng2 Phiau4	Tiket sekali jalan
來回票 Lai2 Huei2 Phiau4	Tiket pulang pergi
出發站 Chu1 Fa1 Can4	Stasiun penumpang naik kereta api
抵達站 Ti3 Ta2 Can4	Stasiun penumpang turun kereta api
依車次 I1 Che1 Ces4	Berdasarkan jenis kereta api
依時段 I1 Se2 Tuan4	Berdasarkan jam kereta api
剩餘座位查詢 Seng4 I*2 Cuo4 Wei4 Cha2 Sin*2	Memeriksa sisa tempat duduk ada berapa
準時 Cun3 Se2	Tepat waktu
延後 Yen2 Ho4	Terlambat
開車時間 Khai1 Che1 Se2 Cien1	Waktu berangkat
到站時間 Tau4 Can4 Se2 Cien1	Waktu sampai

起站 Chi3 Can4	Stasiun keberangkatan
終站 Cung1 Cang4	Stasiun terakhir
列車時刻與轉乘 Lie4 Che1 Se2 Khe4 I*3 Cuan3 Cheng2	Jam dan pindah kereta api
購票 Ko4 Phiau4	Beli tiket
訂票 Ting4 Phiau4	Pesan tiket
訂票張數 Ting4 Phiau4 Cang1 Su4	Jumlah tiket yang dipesan
開始預定 Khai1 Se3 I*4 Ting4	Mulai memesan tiket
取票 Chi*3 Phiau4	Ambil tiket
退票 Thuei4 Phiau4	Pulangkan tiket
臺鐵便當 Thai2 Thie3 Pien4 Tang1	Nasi kotak khas yang disediakan oleh kereta api Taiwan
網路訂票 Wang3 Lu4 Ting4 Phiau4	Pesan tiket melalui internet
正式開放時間 Ceng4 Se4 Khai1 Fang4 Se2 Cien1	Mulai pesan tiket

我要買今天自強號到羅東 Wo3 Yau4 Mai3 Cin1 Thien1 Ce4 Chiang2 Hau4 Tau4 Luo2 Tung1	Saya mau membeli tiket kereta api kelas satu ke kota Luo Tung
早上八點整，一張全票 Cau3 Sang4 Pa1 Tien3 Cheng3, I4 Cang1 Chuen2 Phiau4	1 tiket biasa jam 8 pagi
我要買到高雄的來回票 Wo3 Yau4 Mai3 Tau4 Kau1 Siung2 Te1 Lai2 Huei2 Phiau4	Saya mau membeli tiket pulang pergi ke Kau Siung
請問，我要到基隆， Ching3 Wen4 , Wo3 Yau4 Tau4 Ci1 Lung2	Numpang tanya , saya mau pergi ke Ci Lung ,
在幾號月台呢？ Cai4 Ci3 Hau4 Yue4 Thai2 Ne1 ?	Di peron nomor berapa ?
三號月台 San1 Hau4 Yue4 Thai2	Peron nomor 3
很抱歉，這是我的座位 Hen3 Pau4 Chien4 , Ce4 Se4 Wo3 Te1 Cuo4 Wei4	Maaf ya , ini tempat duduk saya

十五、搭公車 Ta1 Kung1 Che1	Naik Bis
上車 Sang4 Che1	Naik bis
下車 Sia4 Che1	Turun bis
上下車 Sang4 Sia4 Che1	Naik turun bis
上下車要刷卡 Sang4 Sia4 Che1 Yau4 Sua1 Kha3	Naik turun bis harus gesek kartu ke mesin
零錢 Ling2 Chien2	Uang receh
悠遊卡 Yo1 Yo2 Kha3	Easy card
餘額不足 I*2 E2 Pu4 Cu2	Jumlah uang di kartu tidak cukup
全票付 15 元 Chuen2 Phiau4 Fu4 Se2 U3 Yuen2	Tiket normal bayar NT 15
學生票付 12 元 Siue*2 Seng1 Phiau4 Fu4 Se2 El4 Yuen2	Tiket pelajar bayar NT 12
孩童票付 8 元 Hai2 Thong2 Phiau4 Fu4 Pa1 Yuen2	Tiket anak bayar NT 8
老人票付 8 元 Lau3 Ren2 Phiau4 Fu4 Pa1 Yuen2	Tiket orang tua bayar NT 8
付一段票 Fu4 I2 Tuan4 Phiau4	Bayar 1 rute

123

付兩段票 Fu4 Liang3 Tuan4 Phiau4	Bayar 2 rute
大台北公車 Ta4 Thai2 Pei3 Kung1 Che1	Bis daerah Taipei
接駁公車 Cie1 Po2 Kung1 Che1	Bis antar jemput , shuttle bus
接駁巴士 Cie1 Po2 Pa1 Se4	Bis antar jemput , shuttle bus
遊覽車 Yo2 Lan3 Che1	Bis pariwisata
區間車 Chi*1 Cien1 Che1	Shuttle bus
公路 Kung1 Lu4	Bis
國道客運 Kuo2 Tau4 Khe4 In*4	Bis yang melewati jalan tol
附近站牌 Fu4 Cin4 Can4 Phai2	Halte terdekat
公車路線 Kung1 Che1 Lu4 Sien4	Jalur bis
公車動態 Kung1 Che1 Tung4 Thai4	Lihat di internet bisa melihat bis sekarang berada di halte mana
轉乘規劃 Cuan3 Cheng2 Kuei1 Hua4	Merencanakan pindah naik kendaraan
路線資訊 Lu4 Sien4 Ce1 Sin*4	Informasi jalur jalan

往台北 Wang3 Thai2 Pei3	Ke Taipei
尖峰時間 Cien1 Feng1 Se2 Cien1	Waktu penumpang ramai
離峰時間 Li2 Feng1 Se2 Cien1	Waktu penumpang sepi
我要到台北車站， Wo3 Yau4 Tau4 Thai2 Pei3 Che1 Can4	Saya mau pergi ke Taipei Main Station ,
要搭幾路公車？ Yau4 Ta1 Ci3 Lu4 Kung1 Che1 ？	Naik bis nomor berapa ?
你要坐18路公車 Ni3 Yau4 Cuo4 Se2 Pa1 Lu4 Kung1 Che1	Kamu bisa naik bis nomor 18
現在坐公車要上下車刷卡 Sien4 Cai4 Cuo4 Kung1 Che1 Yau4 Sang4 Sia4 Che1 Sua1 Kha3	Sekarang naik bis harus naik turun bis gesek kartu ke mesin
坐公車投現金， Cuo4 Kung1 Che1 Tho2 Sien4 Cin1 ,	Naik bis membayar dengan uang tunai ,
一定要投剛好的金額， I2 Ting4 Yau4 Tho2 Kang1 Hau3 Te1 Cin1 E2	Harus bayar dengan uang pas ,
因為司機沒辦法找錢。 I1 Wei4 Ses1 Ci1 Mei2 Pan4 Fa3 Cau3 Chien2	Karena supir tidak dapat memberikan uang kembalian .

司機先生，請問有經過大安森林公園嗎？ Ses1 Ci1 Sien1 Seng1 , Ching3 Wen4 Yo3 Cing1 Kuo4 Ta4 An1 Sen1 Lin2 Kung1 Yuen2 Ma1 ?	Pak supir , apakah ada lewatin Taman Ta An ? ,
你要坐15路公車才能到那邊。 Ni3 Yau4 Cuo4 Se2 U3 Lu4 Kung1 Che1 Chai2 Neng2 Tau4 Na4 Pien1	Kamu harus naik bis nomor 15 baru bisa sampai kesana .
先生，請問， Sien1 Seng1 , Ching3 Wen4 ,	Pak , numpang tanya ,
有經過捷運站嗎？ Yo3 Cing1 Kuo4 Cie2 In*4 Can4 Ma1 ?	Ada lewatin stasiun MRT ?
有經過。 Yo3 Cing1 Kuo4 .	Ada lewatin .

十六、搭計程車 Ta1 Ci4 Cheng2 Che1	Naik Taxi
小黃 Siau3 Huang2	Taxi
司機 Ses1 Ci1	Supir
乘客 Cheng2 Khe4	Penumpang
車費 Che1 Fei4	Ongkos kendaraan
里程數計費 Li3 Cheng2 Su4 Ci4 Fei4	Hitung berdasarkan kilometer
按表計費 An4 Piau3 Ci4 Fei4	Hitung berdasarkan argo meter
跳表 Thiau4 Piau3	Argo
到了 Tau4 Le1	Sampai
夜間時段加成收費 Ye4 Cien1 Se2 Tuan4 Cia1 Cheng2 So1 Fei4	Waktu malam tambah uang lebih
春節加成收費 Chun1 Cie2 Cia1 Cheng2 So1 Fei4	Waktu libur imlek tambah uang lebih
後車箱放行李， Ho4 Che1 Siang1 Fang4 Sing2 Li3，	Bagasi belakang taruh koper ,
另外收 10 元。 Ling4 Wai4 So1 Se2 Yuen2	Tambah uang lagi NT 10

過路費 Kuo4 Lu4 Fei4	Biaya tol
繫安全帶 Ci4 An1 Chuen2 Tai4	Pakai seat belt
Line Taxi 叫車平台 Line Taxi Ciau4 Che1 Phing2 Thai2	Panggil Taxi dengan App khusus Line
Uber Taxi 叫車平台 Uber Taxi Ciau4 Che1 Phing2 Thai2	Panggil Taxi dengan App khusus uber
計程車招呼站 Ci4 Cheng2 Che1 Cau1 Hu1 Can4	Pangkalan taxi
到了，請叫我一聲 Tau4 Le1 , Ching3 Ciau4 Wo3 I4 Seng1	Jika sampai , tolong beritahu saya ya
請你幫我叫一部計程車，好嗎？ Ching3 Ni3 Pang1 Wo3 Ciau4 I2 Pu4 Ci4 Cheng2 Che1 , Hau3 Ma1 ?	Tolong bantu saya panggil 1 Taxi ya ?
沒問題 Mei2 Wen4 Thi2	Ok , ngak masalah
司機先生，我要到這個地址。 Ses1 Ci1 Sien1 Seng1 , Wo3 Yau4 Tau4 Ce4 Ke1 Ti4 Ce3	Pak supir , saya mau pergi ke alamat ini .
小姐麻煩你繫安全帶 Siau3 Cie3 Ma2 Fan2 Ni3 Ci4 An1 Chuen2 Tai4	Nona , tolong kamu memakai seat belt (sangat sopan)
請你開慢一點 Ching3 Ni3 Khai1 Man4 I4 Tien3	Tolong kamu mengendarai lambat sedikit

請你開快一點點， Ching3 Ni3 Khai1 Khuai4 I4 Tien3	Tolong kamu mengendarai cepat sedikit
但要小心， Tan4 Yau4 Siau3 Sin1 ,	Tapi harus hati – hati ,
安全第一。 An1 Chuen2 Ti4 I1	Yang paling utama adalah keselamatan
好的， 沒問題。 Hau3 Te1 , Mei2 Wen4 Thi2	Baik , tidak masalah
我要在這裡停車 Wo3 Yau4 Cai4 Ce4 Li3 Thing2 Che1	Saya mau berhenti disini
先生， 我要到桃園機場， Sien1 Seng1 , Wo3 Yau4 Tau4 Thau2 Yuen2 Ci1 Chang3	Pak , saya mau pergi ke airport Thau Yuen .
多少錢呢？ Tuo1 Sau3 Chien2 Ne1 ?	Berapa duit ?
九百塊 Cio3 Pai3 Khuai4	NT 900

🔔 1-17

十七、租車 Cu1 Che1	Menyewa Mobil
租車公司 Cu1 Che1 Kung1 Ses1	Perusahaan peminjaman mobil
租車日期 Cu1 Che1 Re4 Chi2	Tgl meminjam mobil
租車時間 Cu1 Che1 Se2 Cien1	Jam meminjam mobil
取車日期 Chi*3 Che1 Re4 Chi2	Tgl ambil mobil
取車時間 Chi3 Che1 Se2 Cien1	Jam ambil mobil
還車日期 Huan2 Che1 Re4 Chi2	Tgl pulangkan mobil
還車時間 Huan2 Che1 Se2 Cien1	Jam pulangkan mobil
車型種類 Che1 Sing2 Cong3 Lei4	Jenis kendaraan
自駕遊覽 Ce4 Cia4 Yo2 Lan3	Tour wisata dengan mengendarai mobil sendiri
國內租車 Kuo2 Nei4 Cu1 Che1	Sewa mobil dalam negeri
國際駕照 Kuo2 Ci4 Cia4 Cau4	SIM international

國內駕照 Kuo2 Nei4 Cia4 Cau4	SIM dalam negeri
提早預約 Thi2 Cau3 I*4 Ye1	Terlebih dulu memesan
預訂車輛 I*4 Ting4 Che1 Liang4	Pesan kendaraan
線上預約 Sien4 Sang4 I*4 Yue1	Pesan di internet
指定車型 Ce3 Ting4 Che1 Sing2	Pesan model mobil
最低價格 Cuei4 Ti1 Cia4 Ke2	Harga yang paling murah
租借保險 Cu1 Cie4 Pau3 Sien3	Asuransi meminjam mobil
強制險 Chiang2 Ce4 Sien3	Asuransi kecelakaan untuk penumpang dan bukan untuk supir
車體險 Che1 Thi3 Sien3	Asuransi mobil
旅遊平安險 Li*3 Yo2 Phing2 An1 Sien3	Asuransi keselamatan dalam tour wisata
合法租車公司 He2 Fa3 Cu1 Che1 Kung1 Ses1	Perusahaan yang legal dalam penyewaan mobil
仔細檢查車輛 Ce3 Si4 Cien3 Cha2 Che1 Liang4	Teliti dalam memeriksa mobil

車輛的外觀 Che1 Liang4 Te1 Wai4 Kuan1	Keadaan luar mobil
車輛的內觀 Che1 Liang4 Te1 Nei4 Kuan1	Keadaan dalam mobil
車輛的顏色 Che1 Liang4 Te1 Yen3 Se4	Warna mobil
刮花 Kua1 Hua1	Goresan
刮痕 Kua1 Hen2	Tergores
爆胎 Pau4 Thai1	Ban kempes
拍照記錄汽車原始 狀況 Phai1 Cau4 Ci4 Lu4 Chi4 Che1 Yuen2 Se3 Cuang4 Khuang4	Foto mobil waktu sebelum dipakai
煞車 Sa4 Che1	Rem
油門 Yo2 Men2	Gas
車身 Che1 Sen1	Badan mobil
內飾 Nei4 Se4	Keadaan dalam mobil

方向盤 Fang1 Siang4 Phan2	Kemudi mobil
五人座 U3 Ren2 Cuo4	Bisa duduk 5 orang
小型車 Siau3 Sing2 Che1	Mobil kecil
大型車 Ta4 Sing2 Che1	Mobil besar
了解當地交通規則 Liau3 Cie3 Tang1 Ti4 Ciau1 Thong1 Kuei1 Ce2	Memahami peraturan lalu lintas di tempat tersebut
GPS 導航 GPS Tau3 Hang2	Navigasi GPS
行車紀錄器 Sing2 Che1 Ci4 Lu4 Chi4	CCTV yang dipasang di kendaraan
兒童安全座椅 Er2 Thong2 An1 Chuen2 Cuo4 I3	Tempat duduk yang aman untuk anak kecil
收費準則 So1 Fei4 Cun3 Ce2	Aturan pembayaran
額外收費 E2 Wai4 So1 Fei4	Dipungut pembayaran lainnya
發生事故 Fa1 Seng1 Se4 Ku4	Terjadi kecelakaan
發生交通意外 Fa1 Seng1 Ciau1 Thong1 I4 Wai4	Terjadi kecelakaan

警察 Cing3 Cha2	Polisi
報警處理 Pau4 Cing3 Chu3 Li3	Melapor ke polisi
請保持在現場 Ching3 Pau3 Ce2 Cai4 Sien4 Chang3	Berada selalu di tempat kejadian
不要離開現場 Pu2 Yau4 Li2 Khai1 Sien4 Chang3	Jangan meninggalkan tempat kejadian
租車需要身分證 Cu1 Che1 Si*1 Yau4 Sen1 Fen4 Ceng4	Menyewa mobil perlu KTP
我想要租一輛五人座的轎車 Wo3 Siang3 Yau4 Cu1 I2 Liang4 U3 Ren2 Cuo4 Te1 Ciau4 Che1	Saya ingin menyewa 1 mobil dangan 5 tempat duduk
一天租金 4000 元 I4 Thien1 Cu1 Cin1 Se4 Chien1 Yuen2	Satu hari biaya sewa mobil NT 4,000
租兩天送一天 Cu1 Liang3 Thien1 Sung4 I4 Thien1	Sewa 2 hari gratis 1 hari
還車超過六個小時以上， Huan2 Che1 Chau1 Kuo4 Liu4 Ke1 Siau3 Se2 I3 Sang4	Waktu pulangkan mobil lebih dari 6 jam ,
以一天租金計價。 I3 I4 Thien1 Cu1 Cin1 Ci4 Cia4	Dihitung harga sewa 1 hari .

🎧 1-18

十八、旅遊常用單字 Li*3 Yo2 Chang2 Yung4 Tan1 Ce4	Perbendaharaan Kalimat Yang Sering Dipakai Dalam Berwisata
自助旅行 Ce4 Cu4 Li*3 Sing2	Pergi tour sendirian
跟團 Ken1 Thuan2	Ikut group tour
機加酒 Ci1 Cia1 Cio3	Beli hanya tiket pesawat dan hotel
玩透透 Wan2 Tho4 Tho4	Sudah main semuanya
全省都玩遍了 Chuen2 Seng3 To1 Wan2 Pien4 Le1	Seluruh propinsi sudah pergi main
吃喝玩樂 Ce1 He1 Wan2 Le4	Makan minum main sepuasnya
走透透 Cuo3 Tho4 Tho4	Sudah pergi semuanya
旅遊景點 Li*3 Yo2 Cing3 Tien3	Tempat wisata
熱門景點 Re4 Men2 Cing3 Tien3	Tempat wisata yang banyak di kunjungi orang
冷門景點 Leng3 Men2 Cing3 Tien3	Tempat wisata yang sedikit di kunjungi orang
假日 Cia4 Re4	Liburan
放假 Fang4 Cia4	

放ㄈㄤˋ暑ㄕㄨˇ假ㄐㄧㄚˋ Fang4 Su3 Cia4	Liburan sekolah musim panas
放ㄈㄤˋ寒ㄏㄢˊ假ㄐㄧㄚˋ Fang4 Han2 Cia4	Liburan sekolah musim dingin
旅ㄌㄩˇ行ㄒㄧㄥˊ計ㄐㄧˋ畫ㄏㄨㄚˋ Li*3 Sing2 Ci4 Hua4	Rencana perjalanan wisata
環ㄏㄨㄢˊ遊ㄧㄡˊ世ㄕˋ界ㄐㄧㄝˋ Huan2 Yo2 Se4 Cie4	Keliling dunia
旅ㄌㄩˇ遊ㄧㄡˊ資ㄗ訊ㄒㄩㄣˋ Li*3 Yo2 Ce1 Sin*4	Informasi pariwisata
遊ㄧㄡˊ客ㄎㄜˋ中ㄓㄨㄥ心ㄒㄧㄣ Yo2 Khe4 Cung1 Sin1	Pusat Pelayanan Wisatawan
旅ㄌㄩˇ遊ㄧㄡˊ專ㄓㄨㄢ線ㄒㄧㄢˋ Li*3 Yo2 Cuan1 Sien4	Telepon khusus untuk pariwisata
優ㄧㄡ惠ㄏㄨㄟˋ票ㄆㄧㄠˋ券ㄑㄩㄢˋ Yo1 Huei4 Phiau4 Chuen*4	Tiket discount
購ㄍㄡˋ物ㄨˋ中ㄓㄨㄥ心ㄒㄧㄣ Kou4 U4 Cung1 Sin1	Pusat belanja
購ㄍㄡˋ物ㄨˋ天ㄊㄧㄢ堂ㄊㄤˊ Kou4 U4 Thien1 Thang2	Surganya pusat belanja
電ㄉㄧㄢˋ壓ㄧㄚ Tien4 Ya1	Voltasi listrik
貨ㄏㄨㄛˋ幣ㄅㄧˋ Huo4 Pi4	Mata uang
匯ㄏㄨㄟˋ率ㄌㄩˋ Huei4 Li*4	Kurs mata uang

小費 Siau3 Fei4	Tips
治安 Ce4 An1	Keamanan Negara
報案電話 Pau4 An4 Tien4 Hua4	Telepon melaporkan kasus
緊急聯絡電話 Cin3 Ci2 Lien2 Luo4 Tien4 Hua4	Telepon dalam keadaan darurat
全家一起出遊 Chuen2 Cia1 I4 Chi3 Chu1 Yo2	Satu keluarga melakukan perjalanan wisata
娛樂場所 I*2 Le4 Chang3 Suo3	Tempat hiburan
表演 Piau3 Yen3	Pertunjukkan
旅遊注意事項 Li*3 Yo2 Cu4 I4 Se4 Siang4	Hal-hal yang harus diperhatikan dalam melakukan perjalanan wisata
免稅店 Mien3 Suei4 Tien4	Duty free

1-19

十九、台灣觀光地名 Thai2 Wan1 Kuan1 Kuang1 Ti4 Ming2	Nama Tempat Wisata Di Taiwan
中正紀念堂 Cung1 Ceng4 Ci4 Nien4 Thang2	Chiang Khai Shek Memorial Hall
國父紀念館 Kuo2 Fu4 Ci4 Nien4 Kuan3	Sun Yat Sen Memorial Hall
國立故宮博物院 Kuo2 Li4 Ku4 Kung1 Po2 U4 Yuen*4	National Palace Museum
陽明山國家公園 Yang2 Ming2 San1 Kuo2 Cia1 Kung1 Yuen*2	Yang Ming San National Park
擎天崗大草原 Ching2 Thien1 Kang1 Ta4 Cau3 Yuen*2	Padang rumput Ching Thien Kang
大湖公園 Ta4 Hu2 Kung1 Yuen*2	Taman Ta Hu
大安森林公園 Ta4 An1 Sen1 Lin2 Kung1 Yuen*2	Taman Ta An
台北市立動物園 Tai2 Pei3 Se4 Li4 Tung4 U4 Yuen*2	Kebun binatang Taipei
台北市立兒童新樂園 Thai2 Pei3 Se4 Li4 Er2 Thong2 Sin1 Le4 Yuen*2	Taipei Children's Amusement Park
台北101 Thai2 Pei3 I1 Ling2 I1	Taipei gedung 101
士林夜市 Se4 Lin2 Ye4 Se4	Pasar malam Se Lin

北投溫泉博物館 Pei3 Tho2 Wen1 Chuen*2 Po2 U4 Kuan3	Museum sumber air panas Pei Tho
士林官邸公園 Se4 Lin2 Kuan1 Ti3 Kung1 Yuen*2	Shilin Official Residence Garden
西門町 Si1 Men2 Ting1	Pusat perbelanjaan Si Men Ting
大稻埕碼頭 Ta4 Tau1 Cheng2 Ma3 Tho2	Dermaga Ta Tao Cheng
貓空纜車 Mau1 Khong1 Lan3 Che1	Gondola Maokong
關渡自然公園 Kuan1 Tu4 Ce4 Ran2 Kung1 Yuen*2	Taman Kuan Tu
象山步道 Siang4 San1 Pu4 Tau4	Mountain Elephant Hiking Trail
花博公園 Hua1 Po2 Kung1 Yuen*2	Taipei Expo Park
台北植物園 Thai2 Pei3 Ce2 U4 Yuen*2	Taipei Botanical Garden
美麗華百樂園 Mei3 Li4 Hua2 Pai3 Le4 Yuen*2	Miramar Entertainment Park
台北市立美術館 Thai2 Pei3 Se4 Li4 Mei3 Su4 Kuan3	Taipei Fine Arts Museum
國立台灣博物館 Kuo2 Li4 Thai2 Wan1 Po2 U4 Kuan3	National Taiwan Museum
淡水金色水岸 Tan4 Suei3 Cin1 Se4 Suei3 An4	Pemandangan matahari terbenam di sungai Tan Suei

淡水老街 Tan4 Suei3 Lau3 Cie1	Jalanan khusus di Tan Suei yang menjual berbagai macam barang, mainan dan minuman .
淡水紅毛城 Tan4 Suei3 Hong2 Mau2 Cheng2	Dermaga San Domingo di Tan Suei
淡水漁人碼頭 Tan4 Suei3 I*2 Ren2 Ma3 Tho2	Dermaga nelayan di Tan Suei
碧潭風景區 Pi4 Than2 Feng1 Cing3 Chi*1	Daerah wisata Pi Than
九份 Cio3 Fen4	Pemandangan di Cio Fen
十分瀑布 Se2 Fen1 Phu4 Pu4	Air terjun Se Fen
新北市立黃金博物館 Sin1 Pei3 Se4 Li4 Huang2 Cin1 Po2 U4 Kuan3	Museum emas New Taipei City
金瓜石地質公園 Cin1 Kua1 Se2 Ti4 Ce2 Kung1 Yuen*2	Taman geografi Cin Kua Se
野柳海洋世界 Ye3 Liu3 Hai3 Yang2 Se4 Cie4	Yeh Liu Ocean World
基隆廟口小吃 Ci1 Lung2 Miau4 Kho3 Siau3 Ce1	Banyak kaki lima jual makanan di Ci Lung Miau Kho
八里左岸公園 Pa1 Li3 Cuo3 An4 Kung1 Yuen*2	Taman pantai Pa Li
金山老街 Cin1 San1 Lau3 Cie1	Jalanan khusus di Cin San yang menjual berbagai macam barang, mainan dan minuman

烏來瀑布 U1 Lai2 Phu4 Pu4	Air terjun U Lai
內洞國家森林遊樂區 Nei4 Tung4 Kuo2 Cia1 Sen1 Lin2 Yo2 Le4 Chi*1	Tempat rekreasi di hutan nasional Nei Tung
淺水灣海濱公園 Chien3 Suei3 Wan1 Hai3 Pin1 Kung1 Yuen*2	Pantai Chien Suei Wan
六福村主題樂園 Liu4 Fu2 Chun1 Cu3 Thi2 Le4 Yuen*2	Leefoo Village Theme Park
大坪海岸 Ta4 Phing2 Hai3 An4	Pantai Ta Ping
武陵農場 U3 Ling2 Nung2 Chang3	Wuling Farm
清境農場青青草原 Ching1 Cing4 Nung2 Chang3 Ching1 Ching1 Cau3 Yuen*2	Ching Cing Farm
九族文化村 Cio3 Cu2 Wen2 Hua4 Chun1	Formosan Aboriginal Culture Village
羅東觀光夜市 Luo2 Tung1 Kuan1 Kuang1 Ye4 Se4	Pasar malam Luo Tung
羅東運動公園 Luo2 Tung1 In*4 Tung4 Kung1 Yuen*2	Taman olahraga Luo Tung
梅花湖 Mei2 Hua1 Hu2	Danau Mei Hua

太魯閣國家公園 Thai4 Lu3 Ke2 Kuo2 Cia1 Kung1 Yuen*2	Taroko National Park
遠雄海洋公園 Yuen3 Siung2 Hai3 Yang2 Kung1 Yuen*2	Farglory Ocean Park
七星潭海岸風景特定 區 Chi1 Sing1 Than2 Hai3 An4 Feng1 Cing3 The4 Ting4 Chi*1	Chi Sing Scenic Beach
劍湖山世界主題樂園 Cien4 Hu2 San1 Se4 Cie4 Cu3 Thi2 Le4 Yuen*2	Janhusun Fancy World
阿里山國家森林遊樂 區 A1 Li3 San1 Kuo2 Cia1 Sen1 Lin2 Yo2 Le4 Chi*1	Alisan National Forest Recreation Area
奇美博物館 Chi2 Mei3 Po2 U4 Kuan3	Museum Chi Mei
台南山上花園水道 博物館 Thai2 Nan2 San1 Sang4 Hua1 Yuen*2 Suei3 Tau4 Po2 U4 Kuan3	Tainan Shan-Shang Garden and Old Waterworks Museum
義大遊樂世界 I4 Ta4 Yo2 Le4 Se4 Cie4	E-Da Theme Park
六合夜市 Liu4 He2 Ye4 Se4	Pasar malam Liu He

駁二藝術特區 Po2 El4 I4 Su4 The4 Chi*1	Pier 2 Art Centre
愛河 Ai4 He2	Love River
墾丁國家公園 Khen3 Ting1 Kuo2 Cia1 Kung1 Yuen*2	Kenting National Park
鵝鑾鼻燈塔 E2 Luan3 Pi2 Teng1 Tha3	Eluanbi Cape Lighthouse
國立海洋生物博物館 Kuo2 Li4 Hai3 Yang2 Seng1 U4 Po2 U4 Kuan3	National Museum of Marine Science and Technology
得月樓 Te2 Yue4 Lo2	Deyue Gun Tower
八二三戰史館 Pa1 El4 San1 Can4 Se3 Kuan3	Museum perang tgl 23 Agustus
綠島燈塔 Li*4 Tau3 Teng1 Tha3	Mercu suar pulau hijau
小長城 Siau3 Chang2 Cheng2	Mini Great Wall
綠島朝日溫泉 Li*4 Tau3 Chau2 Re4 Wen1 Chuen2	Green Island Asahi Hot Spring
小琉球 Siau3 Lio2 Chio2	Little Liuchiu
大白沙潛水區 Ta4 Pai2 Sa1 Chien2 Suei3 Chi*1	Daerah menyelam Ta Pai Sa
澎湖跨海大橋 Pheng2 Hu2 Khua4 Hai3 Ta4 Chiau2	Pheng Hu Great Bridge

澎湖水族館 Pheng2 Hu2 Suei3 Cu2 Kuan3	Akuarium Pheng Hu
雙心石滬 Suang1 Sin1 Se2 Hu4	Double heart stone
北海坑道 Pei3 Hai3 Kheng1 Tau4	Beihai Tunnel

1-20

二十、台灣的城市 Thai2 Wan1 Te1 Cheng2 Se4	Nama Kota di Taiwan
台北 Thai2 Pei3	Taipei
新北市 Sin1 Pei3 Se4	New Taipei City
基隆 Ci1 Lung2	Ci Lung
桃園 Thau2 Yuen*2	Thau Yuen
新竹 Sin1 Cu2	Sin Cu
苗栗 Miau2 Li4	Miau Li
台中 Thai2 Cung1	Tai Cung
彰化 Cang1 Hua4	Cang Hua
雲林 In*2 Lin2	In Lin
嘉義 Cia1 I4	Cia I
南投 Nan2 Tho2	Nan Tho
台南 Thai2 Nan2	Tai Nan

高雄 Kau1 Siung2	Kau Siung
屏東 Phing2 Tung1	Phing Tung
宜蘭 I2 Lan2	I Lan
花蓮 Hua1 Lien2	Hua Lien
台東 Thai2 Tung1	Tai Tung
金門 Cin1 Men2	Cin Men
馬祖 Ma3 Cu3	Ma Cu
澎湖 Pheng2 Hu2	Pheng Hu
綠島 Li*4 Tau3	Li Tau
蘭嶼 Lan2 I*3	Lan I

新ㄒㄧㄣ住ㄓㄨˋ民ㄇㄧㄣˊ篇ㄆㄧㄢ

Sin1 Cu4 Min2 Phian1

Bagian Penduduk Imigran Baru

🔊 2-01

一、婚姻和離婚 Hun1 In1 He2 Li2 Hun1	Perkawinan dan Perceraian
談戀愛 Than2 Lien4 Ai4	Pacaran
交往 Ciau1 Wang3	Pacaran
在交往中 Cai4 Ciau1 Wang3 Cung1	Sedang pacaran
婚禮 Hun1 Li3	Pesta perkawinan
喜餅 Si3 Ping3	Kue perkawinan
結婚 Cie2 Hun1	Menikah
訂婚 Ting4 Hun1	Tunangan
離婚 Li2 Hun1	Bercerai
單身 Tan1 Sen1	Single
新娘 Sin1 Niang2	Pengantin perempuan
新郎 Sin1 Lang2	Pengantin laki – laki
男朋友 Nan2 Pheng2 Yo3	Pacar laki-laki

女朋友 Ni*3 Pheng2 Yo3	Pacar perempuan
先生 Sien1 Seng1	Suami , tuan , pak
太太 Thai4 Thai1	Istri
前夫 Chien2 Fu1	Eks suami
前妻 Chien2 Chi1	Eks istri
外遇 Wai4 I*4	Selingkuh
婚外情 Hun1 Wai4 Ching2	Selingkuh
見對方父母 Cien4 Tuei4 Fang1 Fu4 Mu3	Melihat orang tua pacar
宗教結婚 Cung1 Ciau4 Cie2 Hun1	Menikah dengan upacara agama
領取結婚證書 Ling3 Chi*3 Cie2 Hun1 Ceng4 Su1	Mengambil sertifikat pernikahan
更換身分證 Keng1 Huan4 Sen1 Fen4 Ceng4	Mengganti KTP
嫁給台灣人 Cia4 Kei3 Thai2 Wan1 Ren2	Menikah dengan orang Taiwan
原住民 Yuen2 Cu4 Min2	Penduduk asli Taiwan

外ㄨㄞˋ省ㄕㄥˇ人ㄖㄣˊ Wai4 Seng3 Ren2	Penduduk Tiongkok yang setelah perang dunia ke 2 pindah ke Taiwan
本ㄅㄣˇ省ㄕㄥˇ人ㄖㄣˊ Pen3 Seng3 Ren2	Penduduk Taiwan yang sebelum perang dunia ke 2 sudah tinggal di Taiwan
客ㄎㄜˋ家ㄐㄧㄚ人ㄖㄣˊ Khe4 Cia1 Ren2	Orang Keh
閩ㄇㄧㄣˇ南ㄋㄢˊ人ㄖㄣˊ Min3 Nan2 Ren2	Orang Hokian
外ㄨㄞˋ國ㄍㄨㄛˊ人ㄖㄣˊ Wai4 Kuo2 Ren2	Orang luar negeri
老ㄌㄠˇ外ㄨㄞˋ Lau3 Wai4	Orang asing
娶ㄑㄩˇ老ㄌㄠˇ婆ㄆㄛˊ Chi*3 Lau3 Pho2	Menikahi istri
混ㄏㄨㄣˋ血ㄒㄧㄝˇ兒ㄦˊ Hun4 Sie3 Er2	Anak berdarah campuran / anak blasteran
子ㄗˇ女ㄋㄩˇ教ㄐㄧㄠˋ育ㄩˋ Ce3 Ni*3 Ciau4 I4	Pendidikan anak
子ㄗˇ女ㄋㄩˇ獎ㄐㄧㄤˇ學ㄒㄩㄝˊ金ㄐㄧㄣ Ce3 Ni*3 Ciang3 Sue2 Cin1	Uang beasiswa anak
補ㄅㄨˇ助ㄓㄨˋ Pu3 Cu4	Subsidi
文ㄨㄣˊ化ㄏㄨㄚˋ差ㄔㄚ異ㄧˋ Wen2 Hua4 Cha1 I4	Perbedaan budaya
東ㄉㄨㄥ西ㄒㄧ文ㄨㄣˊ化ㄏㄨㄚˋ差ㄔㄚ異ㄧˋ Tung1 Si1 Wen2 Hua4 Cha1 I4	Perbedaan budaya barat dan timur

宗教差異 Cung1 Ciau4 Cha1 I4	Perbedaan agama
信仰 Sin4 Yang3	Agama
嫁給回教徒 Cia4 Kei3 Huei2 Ciau4 Thu2	Menikah dengan orang beragama islam
回教 Huei2 Ciau4	Islam
信伊斯蘭教 Sin4 I1 Ses1 Lan2 Ciau4	Percaya agama islam
穆斯林 Mu4 Ses1 Lin2	Muslim
佛教 Fo2 Ciau4	Budha
天主教 Thien1 Cu3 Ciau4	Katolik
基督徒 Ci1 Tu1 Thu2	Orang Kristen
印度教 In4 Tu4 Ciau4	Hindu
駐印尼台北經濟貿易代表處 Cu4 In4 Ni2 Thai2 Pei3 Cing1 Ci4 Mau4 I4 Tai4 Piau3 Chu4	Teto , Taipei Economic and Trade Office

駐台北印尼經濟貿易代表處 Cu4 Thai2 Pei3 In4 Ni2 Cing1 Ci4 Mau4 I4 Tai4 Piau3 Chu4	KDEI , Indonesian Economic and Trade Office to Taipei
外交部 Wai4 Ciau1 Pu4	Departemen Luar Negeri
地方法院 Ti4 Fang1 Fa3 Yuen4	Pengadilan negeri
我已經離婚了 Wo3 I3 Cing1 Li2 Hun1 Le	Saya sudah bercerai
我不想結婚， Wo3 Pu4 Siang3 Cie2 Hun1	Saya tidak mau menikah ,
結婚對我來說沒什麼。 Cie2 Hun1 Tuei4 Wo3 Lai2 Shuo1 Mei2 Se2 Me1	Pernikahan bagi saya tidak ada artinya .
不管是單身或結婚， Pu4 Kuan3 Se4 Tan1 Sen1 Huo4 Cie2 Hun1	Tidak pandang single atau menikah ,
人生最重要是要快樂。 Ren2 Seng1 Cuei4 Cung4 Yau4 Se4 Yau4 Khuai4 Le4 .	Hidup yang paling utama harus bahagia .
為了小孩有完整的家庭， Wei4 Le1 Siau3 Hai2 Yo3 Wan2 Ceng3 Te1 Cia1 Thing2	Supaya anak mempunyai keluarga yang utuh ,

我忍受沒有離婚。 Wo3 Ren3 So4 Mei2 Yo3 Li2 Hun1	Saya bertahan untuk tidak bercerai .
我結婚已經兩年了 Wo3 Cie2 Hun1 I3 Cing1 Liang3 Nien2 Le1	Saya sudah menikah 2 tahun
我的婚姻幸福美滿 Wo2 Te1 Hun1 In1 Sing4 Fu2 Mei3 Man3	Pernikahan saya bahagia
我先生有第三者 Wo2 Sien1 Seng1 Yo3 Ti4 San1 Ce3	Suami saya ada simpanan
他有小三 Tha1 Yo3 Siau3 San1	Dia ada simpanan
我對他已經沒感情了 Wo3 Tuei4 Tha1 I3 Cing1 Mei2 Kan3 Ching2 Le1	Saya sama dia sudah tidak ada perasaan apa-apa lagi
我現在只能睜一隻眼， 閉一隻眼， Wo3 Sien4 Cai4 Ce3 Neng2 Ceng1 I4 Ce1 Yen3 , Pi4 I4 Ce1 Yen3	Bagi saya sekarang berlagak tidak melihat ,
等孩子獨立， Teng3 Hai2 Ce1 Tu2 Li4	Tunggu sampai anak sudah besar,
等我有經濟能力， Teng3 Wo3 Yo3 Cing1 Ci4 Neng2 Li4	Tunggu sampai saya mapan ,
我才跟他離婚。 Wo3 Cai2 Ken1 Tha1 Li2 Hun1	Baru saya dengan dia akan bercerai .
我沒有再嫁 Wo3 Mei2 Yo3 Cai4 Cia4	Saya tidak menikah lagi (untuk wanita)

我再娶老婆 Wo3 Cai4 Chi*3 Lau3 Pho2	Saya tidak mencari istri lagi (untuk laki-laki)
我是單身 Wo3 Se4 Tan1 Sen1	Saya single
單身貴族 Tan1 Sen1 Kuei4 Cu2	Orang yang tidak menikah dan kaya raya
我的前夫喜歡打人， Wo3 Te1 Chien2 Fu1 Si3 Huan3 Ta3 Ren2	Eks suami saya suka pukul orang
喝酒、賭博、搞外遇。 He1 Cio3 , Tu3 Po2 , Kau3 Wai4 I*4	Suka minum minuman keras , berjudi , berselingkuh .
家暴 Cia1 Pau4	KDRT / kekerasan dalam rumah tangga
家庭暴力 Cia1 Thing2 Pau4 Li4	KDRT / kekerasan dalam rumah tangga
113 保護專線 I1 I1 San1 Pau3 Hu4 Cuan1 Sien4	No. telepon 113 , nomor khusus perlindungan
24 小時全年無休服務專線 El4 Se2 Se4 Siau3 Se2 Chuen2 Nien2 U2 Sio1 Fu2 U4 Cuan1 Sien4	No. telepon khusus 24 jam dan tidak ada istirahat sama sekali
申請保護令 Sen1 Ching3 Pau3 Hu4 Ling4	Meminta perlindungan polisi
我跟前妻分財產 Wo3 Ken1 Chien1 Chi1 Fen1 Cai2 Chan3	Saya dengan eks istri saya pisah harta kekayaan .

我的先生過世了 Wo3 Te1 Sien1 Seng1 Kuo4 Se4 Le1	Suami saya sudah meninggal
民事訴訟 Min2 Se4 Su4 Sung4	Hukum perdata
刑事訴訟 Sing2 Se4 Su4 Sung4	Hukum pidana
檢察官 Cien3 Cha2 Kuan1	Jaksa , penuntut
法官獲准離婚 Fa3 Kuan1 Ho4 Cun3 Li2 Hun1	Hakim memutuskan perceraian di izinkan
法院認證 Fa3 Yen4 Ren4 Ceng4	Di legalisir oleh pengadilan
原告 Yen2 Kau4	Pendakwa
被告 Pei4 Kau4	Terdakwa
被害 Pei4 Hai4	Korban
我的太太離世了 Wo3 Te1 Thai4 Thai1 Li2 Se4 Le1	Istri saya sudah meninggal dunia
膳養費由先生來負責 San4 Yang3 Fei4 Yo2 Sien1 Seng1 Lai2 Fu4 Ce2	Biaya hidup anak ditanggung oleh suami
離婚賠償 Li2 Hun1 Phei2 Chang2	Ganti rugi bercerai
撫養費 Fu3 Yang3 Fei4	Biaya hidup anak

撫ㄈㄨ養ㄧㄤ權ㄑㄩㄢ Fu3 Yang3 Chuen2	Hak untuk mengasuh anak
我ㄨㄛ們ㄇㄣ沒ㄇㄟ有ㄧㄡ登ㄉㄥ記ㄐㄧ結ㄐㄧㄝ婚ㄏㄨㄣ， Wo3 Men1 Mei2 Yo3 Teng1 Ci4 Cie2 Hun1	Kami tidak melapor perkawinan kami ke catatan sipil
只ㄓ有ㄧㄡ喝ㄏㄜ喜ㄒㄧ酒ㄐㄧㄡ而ㄦ已ㄧ Ce3 Yo3 He1 Si3 Cio3 Er2 I3	Kita hanya mengadakan pesta pernikahan
同ㄊㄨㄥ居ㄐㄩ Thong2 Ci*1	Kumpul kebo
分ㄈㄣ居ㄐㄩ Fen1 Chi*1	Pisah rumah
同ㄊㄨㄥ婚ㄏㄨㄣ Thong2 Hun1	Perkawinan sejenis
同ㄊㄨㄥ性ㄒㄧㄥ戀ㄌㄧㄢ Thong2 Sing4 Lien4	Suka dengan sesama jenis
雙ㄕㄨㄤ性ㄒㄧㄥ戀ㄌㄧㄢ Suang1 Sing4 Lien4	Suka dengan lelaki dan perempuan (bisex)
性ㄒㄧㄥ騷ㄙㄠ擾ㄖㄠ Sing4 Sau1 Rau3	Pelecehan sexual
性ㄒㄧㄥ侵ㄑㄧㄣ害ㄏㄞ Sing4 Chin1 Hai4	Perkosaan (Pemerkosaan)
變ㄅㄧㄢ態ㄊㄞ Pien4 Thai4	Kelakuan abnormal
暴ㄅㄠ力ㄌㄧ行ㄒㄧㄥ為ㄨㄟ Pau4 Li4 Sing2 Wei2	Melakukan kekerasan
精ㄐㄧㄥ神ㄕㄣ分ㄈㄣ裂ㄌㄧㄝ Cing1 Sen2 Fen1 Lie4	Schizophrenia

精神虐待 Cing1 Sen2 Nue*4 Tai4	Menganiaya secara mental
基督教婚禮儀式 Ci1 Tu1 Ciau4 Hun1 Li3 I2 Se4	Upacara perkawinan Kristen
教會 Ciau4 Huei4	Gereja
教堂 Ciau4 Thang2	Gereja
教友 Ciau4 Yo3	Jemaat gereja
詩班獻詩 Se1 Pan1 Sien4 Ses1	Paduan suara menyanyikan lagu gereja
證婚人 Ceng4 Hun1 Ren2	Saksi dalam perkawinan
牧師 Mu4 Se1	Pendeta
牧師勉勵 Mu4 Se1 Mien3 Li4	Nasehat dan pesan pendeta
上帝 Sang4 Ti4	Tuhan
神 Sen2	
天父 Thien1 Fu4	Allah Bapa
耶穌 Ye1 Su1	Yesus

聖靈 Seng4 Ling2	Roh Kudus
聖經 Seng4 Cing1	Alkitab
新人誓約 Sin1 Ren2 Se4 Yue1	Sumpah perkawinan mempelai
妳願意嫁給他嗎？ Ni3 Yuen4 I4 Cia4 Kei3 Tha1 Ma1 ?	Apakah kamu ingin menikah dengan dia ? (untuk wanita)
你願意娶她嗎？ Ni3 Yuen4 I4 Chi*3 Tha1 Ma1 ?	Apakah kamu ingin menikah dengan dia ? (untuk lelaki)
婚戒 Hun1 Cie4	Cincin perkawinan
婚紗 Hun1 Sa1	Baju mempelai perempuan
拍照留念 Phai1 Cau4 Lio2 Nien4	Memfoto untuk di simpan sebagai kenangan
還沒到適婚年齡 Hai2 Mei2 Tau4 Se4 Hun1 Nien2 Ling2	Belum sampai usia boleh menikah
合法結婚 He2 Fa3 Cie2 Hun1	Perkawinan legal
不合法結婚 Pu4 He2 Fa3 Cie2 Hun1	Perkawinan tidak legal
為了小孩學費， Wei4 Le3 Siau3 Hai2 Sie*2 Fei4	Demi uang sekolah anak
我來台灣工作。 Wo3 Lai2 Thai2 Wan1 Kung1 Cuo4	Saya datang ke Taiwan untuk bekerja

先生在印尼照顧小孩 Sien1 Seng1 Cai4 In4 Ni2 Cau4 Ku4 Siau3 Hai2	Suami di Indonesia merawat anak
有婆婆和公公幫忙照顧小孩 Yo3 Pho2 Pho1 He2 Kung1 Kung1 Pang1 Mang2 Cau4 Ku4 Siau3 Hai2	Ada mama dan papa suami membantu merawat anak
有我的姐妹幫忙照顧小孩 Yo3 Wo3 Te1 Cie3 Mei4 Pang1 Mang2 Cau4 Ku4 Siau3 Hai2	Ada saudara – saudara perempuan saya yang akan membantu merawat anak
每個星期都有人輪流照顧小孩 Mei3 Ke1 Sing1 Chi2 To1 Yo3 Ren2 Lun2 Lio2 Cau4 Ku4 Siau3 Hai2	Setiap minggu ada orang bergantian merawat anak

159

🔊 2-02

二ㄦ、找ㄓㄠ工ㄍㄨㄥ作ㄗㄨㄛ Cau3 Kung1 Cuo4	Mencari Pekerjaan
我ㄨㄛ朋ㄆㄥ友ㄧㄡ介ㄐㄧㄝ紹ㄕㄠ的ㄉㄜ Wo3 Pheng2 Yo3 Cie4 Sau4 Te1	Teman saya memperkenalkan
看ㄎㄢ104 人ㄖㄣ力ㄌㄧ銀ㄧㄣ行ㄏㄤ找ㄓㄠ工ㄍㄨㄥ作ㄗㄨㄛ Khan4 I1 Ling3 Ses4 Ren2 Li4 In2 Hang2 Cau3 Kung1 Cuo4	Melihat website Bank Tenaga Kerja 104 cari kerjaan
看ㄎㄢ1111 人ㄖㄣ力ㄌㄧ銀ㄧㄣ行ㄏㄤ找ㄓㄠ工ㄍㄨㄥ作ㄗㄨㄛ Khan4 I1 I1 I1 I1 Ren2 Li4 In2 Hang2 Cau3 Kung1 Cuo4	Melihat website Bank Tenaga Kerja 1111 cari kerjaan
看ㄎㄢ報ㄅㄠ紙ㄓˇ找ㄓㄠ工ㄍㄨㄥ作ㄗㄨㄛ Khan4 Pau4 Ce3 Cau3 Kung1 Cuo4	Baca koran cari kerjaan
履ㄌㄩ歷ㄌㄧ表ㄅㄧㄠ Li*3 Li4 Piau3	Biodata , riwayat hidup
自ㄗˋ我ㄨㄛ介ㄐㄧㄝ紹ㄕㄠ C4 Wo3 Cie4 Sau4	Memperkenalkan diri sendiri
當ㄉㄤ雙ㄕㄨㄤ語ㄩˇ人ㄖㄣ員ㄩㄢ Tang1 Suang1 I*3 Ren2 Yuen2	Menjadi seorang penerjemah
當ㄉㄤ翻ㄈㄢ譯ㄧˋ Tang1 Fan1 I4	Menjadi seorang penerjemah
印ㄧㄣ尼ㄋㄧ老ㄌㄠ師ㄕ In4 Ni2 Lau3 Se1	Menjadi guru Indonesia , mengajar bhs. Indonesia
越ㄩㄝ南ㄋㄢ老ㄌㄠ師ㄕ Yue4 Nan2 Lau3 Se1	Menjadi guru Vietnam , mengajar bhs. Vietnam

泰國老師 Thai4 Kuo2 Lau3 Se1	Menjadi guru Thailand , mengajar bhs. Thailand
菲律賓老師 Fei1 Li*4 Pin1 Lau3 Se1	Menjadi guru Filipina , mengajar bhs. Tagalog
中央廣播電台 Cung1 Yang1 Kuang3 Po1 Tien4 Thai2	RTI , Radio Taiwan International
印尼語主持人 In4 Ni2 I*3 Cu3 Ce2 Ren2	Pemandu acara bhs. Indonesia
翻譯社 Fan1 I4 Se4	Kantor penerjemah
筆譯 Pi3 I4	Penerjemah yang menerjemahkan dalam tulisan
口譯 Kho3 I4	Penerjemah yang menerjemahkan dalam lisan
打工賺錢 Ta3 Kung1 Cuan4 Chien2	Bekerja sambilan untuk menghasilkan uang
在餐廳打工賺錢 Cai4 Chan1 Thing1 Ta3 Kung1 Cuan4 Chien2	Di restaurant bekerja sambilan untuk menghasilkan uang
在醫院打工賺錢 Cai4 I1 Yuen4 Ta3 Kung1 Cuan4 Chien2	Di rumah sakit bekerja sambilan untuk menghasilkan uang
在便利商店打工 Cai4 Pien4 Li4 Sang1 Tien4 Ta3 Kung1	Bekerja sambilan di toko mini market
當看護工 Tang1 Khan1 Hu4 Kung1	Menjadi perawat
有執照的看護工 Yo3 Ce2 Cau4 Te1 Khan1 Hu4 Kung1	Perawat bersertifikat

清潔人員 Ching1 Cie2 Ren2 Yuen2	Menjadi petugas kebersihan
網購賣東西 Wang3 Kuo4 Mai4 Tung1 Si1	Di internet menjual barang – barang
當 Youtuber Tang1 Youtuber	Menjadi seorang Youtuber
人要工作 Ren2 Yau4 Kung1 Cuo4	Orang harus bekerja
不要懶惰 Pu2 Yau4 Lan3 Tuo4	Jangan malas
天下沒有白吃的午餐 Thien1 Sia4 Mei2 Yo3 Pai2 Ce1 Te1 U3 Chan1	Di dunia ini tidak ada yang di dapatkan dengan cuma – cuma
老闆， 我要應徵 Lau3 Pan3 , Wo3 Yau4 Ing4 Cheng1	Pak , saya mau melamar pekerjaan
請問， 這裡有服務生的工作職缺嗎？ Ching3 Wen4 , Ce4 Li3 Yo3 Fu2 U4 Seng1 Te1 Kung1 Cuo4 Ce2 Chue1 Ma1?	Numpang tanya , apakah disini perlu orang menjadi waiter / waitress ?
薪水是多少錢呢？ Sin1 Suei3 Se4 Tuo1 Sau3 Cien2 Ne1 ?	Gajinya berapa ?
一個月休幾天假？ I2 Ke1 Yue4 Sio1 Ci2 Thien1 Cia4 ?	Satu bulan ada libur berapa hari ?

工作時間從幾點到幾點？ Kung1 Cuo4 Se2 Cien1 Chung2 Ci3 Tien3 Tau4 Ci3 Tien3	Jam bekerja mulai dari jam berapa sampai jam berapa ?
工作時間有分兩班， Kung1 Cuo4 Se2 Cien1 Yo3 Fen1 Liang3 Pan1	Jam bekerja ada dibagi 2 shift ,
早班和晚班。 Cau3 Pan1 He2 Wan3 Pan1	Shift pagi dan shift malam

♪ 2-03

三、開餐廳 Khai1 Chan1 Thing1	Buka Restaurant
餐廳 Chan1 Thing1	Restaurant
小吃店 Siau3 Ce1 Tien4	Restaurant menjual makanan porsi sedikit
早餐店 Cau3 Chan1 Tien4	Toko makanan pagi
印尼店 In4 Ni2 Tien4	Toko Indonesia
開印尼店 Khai1 In4 Ni2 Tien4	Buka toko Indonesia
找地點 Cau3 Ti4 Tien3	Mencari tempat
找房仲 Cau3 Fang2 Cung4	Mencari agen rumah
找房屋仲介 Cau3 Fang2 U1 Cung4 Cie4	
仲介費 Cung4 Cie4 Fei4	Komisi agen rumah
店面 Tien4 Mien4	Toko
租金 Cu1 Cin1	Uang sewa
訂金 Ting4 Cin1	Uang tanda jadi

保證金 Pau3 Ceng4 Cin1	Uang jaminan
開始營業 Khai1 Se3 Ing2 Ye4	Mulai buka
打烊 Ta3 Yang2	Toko tutup
工讀生 Kung1 Tu2 Seng1	Pelajar kerja part time
師傅 Se1 Fu4	Guru yang mempunyai ketrampilan khusus
廚師 Chu2 Se1	Koki
廚師證照 Chu2 Se1 Ceng4 Cau4	Ijazah koki
廚房設備 Chu2 Fang2 Se4 Pei4	Peralatan di dapur
廚房用具 Chu2 Fang2 Yung4 Chi*4	Perkakas dapur
裝潢設計 Cuang1 Huang2 Se4 Ci4	Design renovasi
成本預算 Cheng2 Pen3 I*4 Suan4	Perhitungan modal
食材供應 S2 Chai2 Kung1 Ing4	Penyedian bahan makanan
水、電、瓦斯費用 Suei3, Tien4, Wa3 Ses1 Fei4 Yung4	Biaya air , listrik , gas

火災險 Huo3 Cai1 Sien3	Asuransi kebakaran
免用統一發票 Mien3 Yung4 Thong3 I1 Fa1 Phiau4	Tidak memberikan bon yang ada undian berhadiah
薪資 Sin1 Ce1	Gaji
薪水按小時計算 Sin1 Suei3 An4 Siau3 Se2 Ci4 Suan4	Gaji dihitung per jam
薪水按月計算 Sin1 Suei3 An4 Yue*4 Ci4 Suan4	Gaji dihitung per bulan
月薪 Yue*4 Sin1	Gaji bulanan
基本薪資 Ci1 Pen3 Sin1 Ce1	Gaji pokok
半薪 Pan4 Sin1	Setengah gaji
年終獎金 Nien2 Cung1 Ciang3 Cin1	Gaji bonus tahunan
虧錢 Khuei1 Chien2	Rugi uang
賺錢 Cuan4 Chien2	Menghasilkan uang
休假 Sio1 Cia4	Istirahat
年假 Nien2 Cia4	Cuti tahunan

準備材料 Cun3 Pei4 Cai2 Liau4	Menyediakan bahan
餐飲業 Chan1 In3 Ye4	Usaha makanan dan minuman
很辛苦 Hen3 Sin1 Khu3	Sangat sengsara
每天的工作時間很長 Mei3 Thien1 Te1 Kung1 Cuo4 Se2 Cien1 Hen3 Chang2	Jam kerja setiap hari sangat panjang
經營不下去 Cing1 Ing2 Pu2 Sia4 Chi*4	Tidak dapat melanjutkan bisnis lagi
經營得不好 Cing1 Ing2 Te1 Pu4 Hau3	Bisnis tidak dijalankan dengan baik
倒閉 Tau3 Pi4	Bangkrut
賺錢不容易 Cuan4 Chien2 Pu4 Rong2 I4	Mencari uang tidak mudah
經濟不景氣 Cing1 Ci4 Pu4 Cing3 Chi4	Ekonomi tidak baik
經濟衰退 Cing1 Ci4 Suai1 Thuei4	Ekonomi melemah
經濟蕭條 Cing1 Ci4 Siau1 Thiau2	Ekonomi memburuk
店面租金很貴 Tien4 Mien4 Cu1 Cin1 Hen3 Kuei4	Uang sewa toko sangat mahal
特別活動 The4 Pie2 Huo2 Tung4	Acara khusus

使用外送 APP 來送餐 Se3 Yung4 Wai4 Sung4 APP Lai2 Sung4 Chan1	Memesan delivery menggunakan APP pesanan makanan
手機應用程式 So3 Ci1 Ing4 Yung4 Cheng2 Se4	APP HP , aplikasi HP
社交媒體 Se4 Ciau1 Mei2 Thi3	Social media

四ㄙˋ、外ㄨㄞˋ勞ㄌㄠˊ仲ㄓㄨㄥˋ介ㄐㄧㄝˋ Wai4 Lau2 Cung4 Cie4	Agen Tenaga Kerja Asing
仲ㄓㄨㄥˋ介ㄐㄧㄝˋ公ㄍㄨㄥ司ㄙ Cung4 Cie4 Kung1 Ses1	Kantor agency
雙ㄕㄨㄤ語ㄩˇ人ㄖㄣˊ員ㄩㄢˊ Suang1 I*3 Ren2 Yen2	Penerjemah
翻ㄈㄢ譯ㄧˋ人ㄖㄣˊ員ㄩㄢˊ Fan1 I4 Ren2 Yen2	Penerjemah
工ㄍㄨㄥ廠ㄔㄤˇ Kung1 Chang3	Pabrik
廠ㄔㄤˇ工ㄍㄨㄥ Chang3 Kung1	Pekerja pabrik
雇ㄍㄨˋ主ㄓㄨˇ Ku4 Cu3	Majikan
看ㄎㄢ護ㄏㄨˋ工ㄍㄨㄥ Khan1 Hu4 Kung1	Perawat
幫ㄅㄤ傭ㄩㄥ Pang1 Yung1	Pembantu
印ㄧㄣˋ尼ㄋㄧˊ女ㄋㄩˇ傭ㄩㄥ In4 Ni2 Ni*3 Yung1	Pembantu Indonesia
外ㄨㄞˋ籍ㄐㄧˊ勞ㄌㄠˊ工ㄍㄨㄥ Wai4 Ci4 Lau3 Kung1	Tenaga kerja asing (TKA)
外ㄨㄞˋ勞ㄌㄠˊ Wai4 Lau3	
移ㄧˊ工ㄍㄨㄥ I2 Kung1	

國外仲介 Kuo2 Wai4 Cung4 Cie4	Kantor agency luar negeri
選工表 Sien*3 Kung1 Piau3	Daftar memilih pekerja
填表 Thien2 Piau3	Mengisi daftar
國外部 Kuo2 Wai4 Pu4	Bagian luar negeri
行政人員 Sing2 Ceng4 Ren2 Yen2	Pekerja administrasi
外務 Wai4 U4	Bagian keluar antar barang
會計 Khuai4 Ci4	Bagian keuangan
業務 Ye4 U4	Bagian marketing / sales
業助 Ye4 Cu4	Asisten marketing / asisten sales
內勤 Nei4 Chin2	Bagian dalam
主管 Cu3 Kuan3	Supervisor / atasan
經理 Cing1 Li3	Manager
副總 Fu4 Cong3	Vice President

協理 Sie2 Li3	Jabatan diatas Manager dan dibawah Vice President
總經理 Cong3 Cing1 Li3	General Manager
董事長 Tong3 Se4 Cang3	Chairman
外國中階技術人力 Wai4 Kuo2 Cung1 Cie1 Ci4 Su4 Ren2 Li4	TKA yang mempunyai keahlian khusus
在台無工作年限限制 Cai4 Thai2 U2 Kung1 Cuo4 Nien2 Sien4 Sien4 Ce4	Bekerja di Taiwan tidak ada batasan berapa tahun
自我介紹 Ce4 Wo3 Cie4 Sau4	Perkenalkan diri sendiri
請你自我介紹 Ching3 Ni3 Ce4 Wo3 Cie4 Sau4	Tolong kamu untuk memperkenalkan diri sendiri
你以前做什麼？ Ni3 I3 Chien2 Cuo4 Se2 Me1？	Kamu dulu kerja apa？
我以前在雅加達做女傭， Wo3 I3 Chien2 Cai4 Ya2 Cia1 Ta2 Cuo4 Ni*3 Yung1	Saya dulu di Jakarta sebagai asisten rumah tangga，
後來到萬隆當店員， Ho4 Lai2 Tau4 Wan4 Long2 Tang1 Tien4 Yuen*2	Lalu ke Bandung jadi pegawai toko

我以前在市場賣衣服 Wo3 I3 Chien2 Cai4 Se4 Chang3 Mai4 I1 Fu2	Saya dulu di pasar menjual baju .
剛開始賺錢， Kang1 Khai1 Se3 Cuan4 Chien2	Pertama – tama untung ,
後來因疫情， Ho4 Lai2 In1 I4 Ching2	Lalu karena pandemi ,
所以生意變差， Suo3 I3 Seng1 I4 Pien4 Cha1	Sehingga bisnis jadi tidak bagus ,
到最後倒閉了。 Tau4 Cuei4 Ho4 Tau3 Pi4 Le1	Pada akhirnya bangkrut
我看我鄰居去國外當女傭， Wo3 Khan4 Wo3 Lin2 Ci*1 Ci*4 Kuo2 Wai4 Tang1 Ni*3 Yung1	Saya lihat tetangga saya pergi keluar negeri jadi asisten rumah tangga ,
她可以蓋房子、買田地， Tha1 Khe3 I3 Kai4 Fang2 Ce1 , Mai2 Thien2 Ti4	Dia dapat membangun rumah , membeli tanah ,
她的孩子也大學畢業， Tha1 Te1 Hai2 Ce1 Ye3 Ta4 Sie*2 Pi4 Ye4	Anaknya dia juga sudah menyelesaikan kuliah ,
所以我就想要跟她一樣， Suo3 I3 Wo3 Cio4 Siang3 Yau4 Ken1 Tha1 I2 Yang4	Makanya saya ingin sama dengan dia ,

我要去國外賺錢。 Wo3 Yau4 Chi*4 Kuo2 Wai4 Cuan4 Chien2	Saya ingin pergi keluar negeri mencari uang .
你打算在台灣多久？ Ni3 Ta3 Suan4 Cai4 Thai2 Wan1 Tuo1 Cio3 ?	Kamu merencanakan di Taiwan berapa lama ?
我想要做到工作期滿， Wo3 Siang3 Yau4 Cuo4 Tau4 Kung1 Cuo4 Chi2 Man3	Saya ingin bekerja sampai selesai kontrak kerja .
我要孝順我的父母， Wo3 Yau4 Siau4 Sun4 Wo3 Te1 Fu4 Mu3	Saya ingin berbakti kepada orang tua saya .
我也要幫我父母買房子、車子。 Wo3 Ye3 Yau4 Pang1 Wo3 Fu4 Mu3 Mai3 Fang2 Ce1, Che1 Ce1	Saya juga ingin membantu orang tua saya membeli rumah , mobil .
她的主要工作是照顧老人家 Tha1 Te1 Cu3 Yau4 Kung1 Cuo4 Se4 Cau4 Ku4 Lau3 Ren2 Cia1	Pekerjaan utama dia adalah merawat orang tua .
洗手間不可以濕的，要保持乾燥， Si3 So3 Cien1 Pu4 Khe3 I3 Se1 Te1 , Yau4 Pau3 Ce2 Kan1 Cau4	Kamar mandi tidak boleh dalam keadaan basah , harus dijaga tetap kering .

如果有緊急狀況， Ru2 Kuo3 Yo3 Cin3 Ci2 Cuang4 Kuang4	Jika terjadi keadaan darurat ,
請你打電話給我。 Ching3 Ni3 Ta3 Tien4 Hua4 Kei3 Wo3	Tolong kamu harus telepon saya .
不要把家裡的事告訴你的朋友 Pu2 Yau4 Pa3 Cia1 Li3 Te1 Se4 Kau4 Su4 Ni3 Te1 Pheng2 Yo3	Jangan memberitahu teman kamu keadaan rumah sini
不要八卦 Pu2 Yau4 Pa1 Kua4	Jangan bergosip
請你要認真學習和工作 Ching3 Ni3 Yau4 Ren4 Cen1 Sue2 Si2 He2 Kung1 Cuo4	Tolong kamu untuk sungguh – sungguh belajar dan bekerja .
我想要做六年 Wo3 Siang3 Yau4 Cuo4 Liu4 Nien2	Saya ingin bekerja 6 tahun .
我沒有工作經驗， Wo3 Mei2 Yo3 Kung1 Cuo4 Cing1 Yen4	Saya tidak ada pengalaman bekerja ,
但我會努力學習。 Tan4 Wo3 Huei4 Nu3 Li4 Sue2 Si2	Tapi saya mau giat belajar .
請你給我機會， Ching3 Ni3 Kei3 Wo3 Ci1 Huei4	Tolong kamu berikan saya kesempatan ,
我不會讓你失望的。 Wo3 Pu2 Huei4 Rang4 Ni3 Se1 Wang4 Te1	Saya tidak akan membuat kamu kecewa

2-05

五、匯款 Huei4 Khuan3	Transfer Uang
匯錢 Huei4 Chien2	Transfer uang
帳號 Cang4 Hau4	Rekening uang
收款人 So1 Khuan3 Ren2	Penerima uang
寄款人 Ci4 Khuan3 Ren2	Pengirim uang
銀行名稱 In2 Hang2 Ming2 Cheng1	Nama bank
分行 Fen1 Hang2	Nama cabang
金額 Cin1 E2	Jumlah uang
美金 Mei3 Cin1	Uang dolar Amerika
日幣 Re4 Pi4	Uang dolar Jepang
港幣 Kang3 Pi4	Uang dolar Hongkong
匯率不好 Huei4 Li*4 Pu4 Hau3	Kurs tidak bagus
匯率好 Huei4 Li*4 Hau3	Kurs bagus

找錢 Cau3 Chien2	Uang kembalian
手續費 So3 Si*4 Fei4	Biaya administrasi
我要匯台幣 30,000 Wo3 Yau4 Huei4 Thai1 Pi4 San1 Wan4	Saya ingin mengirim uang NT 30,000
貶值 Pien3 Ce2	Kurs turun
印尼盾貶值 In4 Ni2 Tun4 Pien3 Ce2	Rupiah sedang turun
升值 Seng1 Ce2	Kurs naik
台幣升值 Thai2 Pi4 Seng1 Ce2	Uang NT naik
簽名 Chien1 Ming2	Tanda tangan
請你在這裡簽名 Ching3 Ni3 Cai4 Ce4 Li3 Chien1 Ming2	Tolong kamu di sini tanda tangan
今天的匯率是多少呢？ Cin1 Thien1 Te1 Huei4 Li*4 Se4 Tuo1 Sau3 Ne1 ?	Hari ini kurs berapa ya ?
請你點收， Ching3·Ni3 Tien3 So1	Mohon kamu untuk menghitungnya
對不起，　金額不對。 Tuei4 Pu4 Chi3 , Cin1 E2 Pu2 Tuei4	Maaf , jumlah uang salah

請你再算一下。 Ching3 Ni3 Cai4 Suan4 I2 Sia4	Tolong kamu hitung sekali lagi
我要透過銀行匯錢 Wo3 Yau4 Tho4 Kuo4 In2 Hang2 Huei4 Chien2	Saya mau transfer uang melalui bank
我要透過手機的 APP 匯款到印尼， Wo3 Yau4 Tho4 Kuo4 So3 Ci1 Te1 APP Huei4 Khuan3 Tau4 In4 Ni2	Saya mau transfer uang ke Indonesia melalui aplikasi HP ,
錢透過便利商店匯過去。 Chien2 Tho4 Kuo4 Pien4 Li4 Sang1 Tien4 Huei4 Kuo4 Ci*4	Lalu melalui toko mini market mengirim uang .
在 APP 輸入你的匯款資料， Cai4 APP Su1 Ru4 Ni3 Te1 Huei4 Khuan3 Ce1 Liau4	Di APP masukkan data kamu untuk mengirim uang ,
和居留證號碼， He2 Ci*1 Lio2 Ceng4 Hau4 Ma3	Dan nomor ARC ,
然後選擇一家收款的便利商店 Ran2 Ho4 Sien*3 Ce2 I4 Cia1 So1 Khuan3 Te1 Pien4 Li4 Sang1 Tien4	Lalu memilih 1 toko mini market yang ada untuk memberikan uang yang akan dikirim
辦好了後， Pan4 Hau3 Le1 Ho4	Setelah selesai mengurus ,
APP 會給你條碼 APP Huei4 Kei3 Ni3 Thiau2 Ma3	APP akan memberikan kamu barcode ,

店員會掃條碼和收你的錢。 Tien4 Yuen2 Huei4 Sau3 Thiau2 Ma3 He2 So1 Ni3 Te1 Chien2	Pegawai toko akan scan barcode dan menerima uang kamu .
錢什麼時候入帳呢？ Chien2 Se2 Me1 Se2 Ho4 Ru4 Cang4 Ne1 ?	Kapan uang akan masuk ke rekening ?
最快明天入帳 Cuei4 Khuai4 Ming2 Thien1 Ru4 Cang4	Paling cepat besok sudah masuk ke rekening .
我要匯錢到印尼 Wo3 Yau4 Huei4 Chien2 Tau4 In4 Ni2	Saya ingin mengirim uang ke Indonesia
一塊台幣兌換多少印尼盾呢？ I2 Khuai4 Thai2 Pi4 Tuei4 Huan4 Tuo1 Sau3 In4 Ni2 Tun4 Ne1 ?	1 NT berapa uang rupiah ?
我要透過印尼店匯錢 Wo3 Yau4 Tho4 Kuo4 In4 Ni2 Tien4 Huei4 Chien2	Saya ingin mengirim uang melalui toko Indonesia .
抱歉，我的居留證正在延期， Pau4 Chien4 , Wo3 Te1 Ci*1 Lio2 Ceng4 Ceng4 Cai4 Yen2 Chi2	Maaf , saya punya ARC sedang diperpanjang
可以用居留證的報備延期嗎？ Khe3 I3 Yung4 Ci*1 Lio2 Ceng4 Te1 Pau4 Pei4 Yen2 Chi2 Ma1 ?	Apakah boleh menggunakan surat lapor perpanjang ARC ?

不ㄅㄨˋ可ㄎㄜˇ以ㄧˇ， 我ㄨㄛˇ們ㄇㄣ˙要ㄧㄠˋ居ㄐㄩ留ㄌㄧㄡˊ證ㄓㄥˋ正ㄓㄥˋ本ㄅㄣˇ。 Pu4 Khe3 I3 , Wo3 Men1 Yau4 Ci*1 Lio2 Ceng4 Ceng4 Pen3	Tidak boleh , kita ingin ARC asli.
不ㄅㄨˋ能ㄋㄥˊ影ㄧㄥˇ本ㄅㄣˇ。 Pu4 Neng2 Ing3 Pen3	Tidak boleh fotocopy .
匯ㄏㄨㄟˋ錢ㄑㄧㄢˊ要ㄧㄠˋ透ㄊㄡˋ過ㄍㄨㄛˋ合ㄏㄜˊ法ㄈㄚˇ的ㄉㄜ˙管ㄍㄨㄢˇ道ㄉㄠˋ， Huei4 Chien2 Yau4 Tho4 Kuo4 He2 Fa3 Te1 Kuan3 Tau4	Mengirim uang melalui jalur yang legal ,
不ㄅㄨˋ要ㄧㄠˋ被ㄅㄟˋ騙ㄆㄧㄢˋ， Pu2 Yau4 Pei4 Phien4	Jangan di tipu ,
詐ㄓㄚˋ騙ㄆㄧㄢˋ集ㄐㄧˊ團ㄊㄨㄢˊ也ㄧㄝˇ滿ㄇㄢˇ多ㄉㄨㄛ的ㄉㄜ˙， Ca4 Phien4 Ci2 Thuan2 Ye3 Man3 Tuo1 Te1	Komplotan penipu juga banyak ,
他ㄊㄚ們ㄇㄣ˙會ㄏㄨㄟˋ引ㄧㄣˇ誘ㄧㄡˋ你ㄋㄧˇ， Tha1 Men1 Huei4 In3 Yo4 Ni3	Mereka bisa membujuk kamu ,
匯ㄏㄨㄟˋ款ㄎㄨㄢˇ要ㄧㄠˋ便ㄅㄧㄢˋ利ㄌㄧˋ和ㄏㄜˊ安ㄢ全ㄑㄩㄢˊ。 Huei4 Khuan3 Yau4 Pien4 Li4 He2 An1 Chuen2	Mengirim uang harus praktis dan aman .
如ㄖㄨˊ果ㄍㄨㄛˇ急ㄐㄧˊ的ㄉㄜ˙話ㄏㄨㄚˋ， Ru2 Kuo3 Ci2 Te1 Hua4	Jika mau cepat ,
手ㄕㄡˇ續ㄒㄩˋ費ㄈㄟˋ比ㄅㄧˇ較ㄐㄧㄠˋ貴ㄍㄨㄟˋ， 台ㄊㄞˊ幣ㄅㄧˋ100。 So3 Si*4 Fei4 Pi3 Ciau4 Kuei4, Thai2 Pi4 I4 Pai3	Uang administrasi lebih mahal NT 100 .

通常星期六或星期天 Thong1 Chang2 Sing1 Chi2 Liu4 Huo4 Sing1 Chi2 Thien1	Biasanya hari sabtu atau minggu
匯率會比較好。 Huei4 Li*4 Huei4 Pi3 Ciau4 Hau3 .	Kurs lebih bagus .

2-06

六、延護照 Yen2 Hu4 Cau4	Perpanjang Paspor
護照到期 Hu4 Cau4 Tau4 Chi2	Paspor habis masa berlaku
護照的期限 Hu4 Cau4 Te1 Chi2 Sien4	Masa berlaku paspor
護照影本 Hu4 Cau4 Ing3 Pen3	Fotocopy paspor
居留證影本 Chi*1 Lio2 Ceng4 Ing3 Pen3	Fotocopy ARC
影印 Ing3 In4	Mencopy
傳真 Chuan2 Cen1	Fax
印辦 In4 Pan4	KDEI
印尼辦事處 In4 Ni2 Pan4 Se4 Chu4	
下載印辦APP Sia4 Cai4 In4 Pan4 APP	Download APP KDEI
選擇 Sien*3 Ce2	Memilih
拍照日期 Phai1 Cau4 Re4 Chi2	Tgl untuk di foto
付延護照的費用 Fu4 Yen2 Hu4 Cau4 Te1 Fei4 Yung4	Membayar biaya perpanjang paspor

彰化銀行 Cang1 Hua4 In2 Hang2	Bank Chang Hwa
彰化銀行的收據 Cang1 Hua4 In2 Hang2 Te1 So1 Chi*4	Bon Bank Chang Hwa
填表 Thien2 Piau3	Mengisi formulir
費用 800 元 Fei4 Yung4 Pa1 Pai3 Yuen2	Biaya NT 800
10 元是銀行的手續費 Se2 Yuen2 Se4 In2 Hang2 Te1 So3 Si*4 Fei4	Biaya NT 10 adalah biaya administrasi Bank
黑貓快遞 Hei1 Mau1 Khuai4 Ti4	Courier t-cat
宅急便 Cai2 Ci2 Pien4	
父母的名字 Fu4 Mu3 Te1 Ming2 Ce1	Nama orang tua
父母出生的城市 Fu4 Mu3 Chu1 Seng1 Te1 Cheng2 Se4	Kota kelahiran orang tua
填表格 Thien2 Piau3 Ke2	Mengisi formulir
大概 Ta4 Kai4	Kira – kira
領號碼牌 Ling3 Hau4 Ma3 Phai2	Ambil nomor antri
叫名字 Ciau4 Ming2 Ce1	Panggil nama

等 Teng3	Tunggu
穿著 Chuan1 Cuo2	Berpakaian
整齊 Ceng3 Chi2	Rapi
乾淨 Kan1 Cing4	Bersih
完成 Wan2 Cheng2	Selesai
延長 10 年 Yen2 Chang2 Se2 Nien2	Perpanjang 10 tahun
書套 Su1 Thau4	Map
護照號碼 Hu4 Cau4 Hau4 Ma3	Nomor paspor
地址 Ti4 Ce3	Alamat
連絡電話 Lien2 Luo4 Tien4 Hua4	Nomor telepon yang bisa dihubungi
手機號碼 So3 Ci1 Hau4 Ma3	Nomor HP
送護照 Sung4 Hu4 Cau4	Masukkan paspor
拍照日期 Phai1 Cau4 Re4 Chi2	Tgl foto

領護照日期 Ling3 Hu4 Cau4 Re4 Chi2	Tgl ambil paspor
蓋章 Kai4 Cang1	Stempel
寫委託書 Sie3 Wei3 Thuo1 Su1	Menulis surat memberikan kuasa kepada pihak lain untuk mengurus
親自領 Chin1 Ce4 Ling3	Mengambil sendiri
小姐， 我要拍照， Siau3 Cie3 , Wo3 Yau4 Phai1 Cau4	Nona , saya mau foto ,
你先拿號碼牌， Ni3 Sien1 Na2 Hau4 Ma3 Phai2	Kamu terlebih dulu mengambil nomor antri ,
然後拿書套和表格， Ran2 Ho4 Na2 Su1 Thau4 He2 Piau3 Ke2	Lalu ambil map dan formulir ,
全部都要填， Chuen2 Pu4 To1 Yau4 Thien2	Semuanya harus di isi ,
有什麼疑問， Yo3 Se2 Me1 I2 Wen4	Jika ada yang mau ditanyakan ,
你都問那位先生。 Ni3 To1 Wen4 Na4 Wei4 Sien1 Seng1	Kamu tanya dengan bapak yang disana .
等你的號碼到了， Teng3 Ni3 Te1 Hau4 Ma3 Tau4 Le1	Tunggu nomor kamu sampai ,
你把所有的文件交給櫃檯小姐。 Ni3 Pa3 Suo3 Yo3 Te1 Wen2 Cien4 Ciau1 Kei3 Kuei4 Thai2 Siau3 Cie3	Kamu memberikan semua dokumen ke nona yang ada di counter .

印辦的人會叫你的名字， In4 Pan4 Te1 Ren2 Huei4 Ciau4 Ni3 Te1 Ming2 Ce1	Orang KDEI akan memanggil nama kamu ,
你進去拍照， Ni3 Cin4 Chi*4 Phai1 Cau4	Kamu masuk untuk di foto ,
拍照完， Phai1 Cau4 Wan2	Setelah selesai di foto ,
收據會蓋領護照的日期， So1 Chi*4 Huei4 Kai4 Ling3 Hu4 Cau4 Te1 Re4 Chi2	Bon akan di stempel tgl pengambilan paspor ,
如果你沒辦法親自領， Ru2 Kuo3 Ni3 Mei2 Pan4 Fa3 Chin1 Ce4 Ling3 ,	Jika kamu tidak dapat pergi ambil sendiri paspor ,
你要寫一張委託書， Ni3 Yau4 Sie3 I4 Cang1 Wei3 Tho1 Shu1	Kamu harus menulis surat memberi kuasa ,
別人帶你的委託書， Pie2 Ren2 Tai4 Ni3 Te1 Wei3 Tho1 Shu1	Orang lain membawa surat kuasa kamu ,
幫你領護照。 Pang1 Nie3 Ling3 Hu4 Cau4	Membantu kamu mengambil paspor kamu .
我大概等幾天可以領護照？ Wo3 Ta4 Kai4 Teng2 Ci3 Thien1 Khe3 I3 Ling3 Hu4 Cau4 ?	Berapa hari saya menunggu untuk dapat mengambil paspor ?

大概四個工作天就完成了 Ta4 Kai4 Se4 Ke1 Kung1 Cuo4 Thien1 Cio4 Wan2 Cheng2 Le1	Kira – kira 4 hari kerja selesai
收據不要弄不見 So1 Chi*4 Pu2 Yau4 Nung4 Pu2 Cien4	Bon jangan sampai hilang

七、延居留證 Yen2 Chi*1 Lio2 Ceng4	Perpanjang ARC
移民署 I2 Ming2 Su3	Imigrasi
線上延期 Sien4 Sang4 Yen2 Chi2	Di internet memperpanjang masa berlaku
到櫃台辦理 Tau4 Kuei4 Thai2 Pan4 Li3	Mengurus langsung di loket pengurusan dokumen.
暫時報備延期 Can4 Se2 Pau4 Pei4 Yen2 Chi2	Perpanjang sementara
領居留證的收據 Ling3 Ci*1 Lio2 Ceng4 Te1 So1 Chi*4	Bon ambil ARC
延期一年 Yen2 Chi2 I4 Nien	Perpanjang 1 tahun
付 1,000 元 Fu4 I4 Chien1 Yuen2	Bayar NT 1,000
過期 Kuo4 Chi2	Kadaluwarsa
罰錢 Fa2 Chien2	Denda uang
罰款 Fa2 Khuan3	
遣返 Chien3 Fan3	Dipulangkan ke negara asal
被送回去 Pei4 Sung4 Huei2 Chi*4	Dipulangkan ke Negara asal

坐牢 Cuo4 Lau2	Dipenjara
被關起來 Pei4 Kuan1 Chi3 Lai2	
自然人憑證 Ce4 Ran2 Ren2 Phing2 Ceng4	Citizen Digital Certificate
居留證的期限 Ci*1 Lio2 Ceng4 Te1 Chi2 Sien4	Masa berlaku ARC
投幣式影印機 Tho2 Pi4 Se4 Ing3 In4 Ci1	Memasukkan koin uang untuk fotocopy
文件齊全 Wen2 Cien4 Chi2 Chuen2	Dokumen lengkap
文件不齊全 Wen2 Cien4 Pu4 Chi2 Chuen2	Dokumen tidak lengkap
被退件 Pei4 Thuei4 Cien4	Di tolak dan di pulangkan dokumen
照片要按照規格 Cau4 Phien4 Yau4 An4 Cau4 Kuei1 Ke2	Foto harus sesuai dengan aturan yang ditetapkan
你的照片不能用 Ni3 Te1 Cau4 Phien4 Pu4 Neng2 Yung4	Foto kamu tidak bisa di gunakan
需要重照 Si*1 Yau4 Chung2 Cau4	Perlu di foto lagi
自助拍照機 Ce4 Cu4 Phai1 Cau4 Ci1	Mesin foto sendiri
辦理的時間 Pan4 Li3 Te1 Se2 Cien1	Waktu mengurus

我需要延期居留證 Wo3 Si*1 Yau4 Yen2 Chi2 Chi*1 Lio2 Ceng4	Saya perlu memperpanjang ARC saya
辦理需要多久時間？ Pan4 Li3 Si*1 Yau4 To1 Cio3 Se2 Cien1	Mengurus perlu berapa lama ?
辦理需要什麼文件？ Pan4 Li3 Si*1 Yau4 Se2 Me1 Wen2 Cien4 ?	Pengurusan perlu dokumen apa saja ?
需要帶居留證正影本、 護照正影本， Si*1 Yau4 Tai4 Ci*1 Lio2 Ceng4 Ceng4 Ing3 Pen3 , Hu4 Cau4 Ceng4 Ing3 Pen3	Perlu membawa ARC asli dan fotocopy , paspor asli dan fotocopy ,
居留目的之證明文件， Ci*1 Lio2 Mu4 Ti4 Ce1 Ceng4 Ming2 Wen2 Cien4	Dokumen tujuan untuk tinggal ,
兩吋半身照片 Liang3 Cun4 Pan4 Sen1 Cau4 Phien4	Foto setengah badan 2 inchi
繳費 1,000 元 Ciau3 Fei4 I4 Chien1 Yuen2	Biaya NT 1,000

🎵 2-08

八、體檢 Thi3 Cien3	Tes Medikal
指定醫院 Ce3 Ting4 I1 Yuen4	Rumah sakit yang di tunjuk oleh pemerintah
醫生 I1 Seng1	Dokter
護理師 Hu4 Li3 Se1	Perawat
體檢費 Thi3 Cien3 Fei4	Biaya tes medikal
體檢合格 Thi3 Cien3 He2 Ke2	Tes medikal lulus
體檢不合格 Thi3 Cien3 Pu4 He2 Ke2	Tes medikal tidak lulus
後續追蹤 Ho4 Si*4 Cuei1 Cung1	Selanjutnya melakukan pemeriksaan
抽血 Cho1 Sie3	Ambil darah
量血壓 Liang2 Sie3 Ya1	Ukur tekanan darah
高血壓 Kau1 Sie3 Ya1	Tekanan darah tinggi
低血壓 Ti1 Sie3 Ya1	Tekanan darah rendah
小便 Siau3 Pien4	Kencing

大ㄚ便ㄅㄢ Ta4 Pien4	Kotoran manusia
有ㄧㄡ蛔ㄏㄨㄟ蟲ㄔㄨㄥ Yo3 Huei2 Chong2	Ada cacing
吃ㄔ蛔ㄏㄨㄟ蟲ㄔㄨㄥ藥ㄧㄠ Ce1 Huei2 Chong2 Yau4	Makan obat cacing
X 光ㄍㄨㄤ X Kuang1	X – Ray
檢ㄐㄧㄢ查ㄔㄚ視ㄕ力ㄌㄧ Cien3 Cha2 Se4 Li4	Memeriksa penglihatan
模ㄇㄛ糊ㄏㄨ Mo2 Hu2	Kabur
有ㄧㄡ近ㄐㄧㄣ視ㄕ Yo3 Cin4 Se4	Mata ada minus
有ㄧㄡ遠ㄩㄢ視ㄕ Yo3 Yuen3 Se4	Mata ada rabun
有ㄧㄡ散ㄙㄢ光ㄍㄨㄤ Yo3 San3 Kuang1	Mata ada silinder
戴ㄉㄞ眼ㄧㄢ鏡ㄐㄧㄥ Tai4 Yen3 Cing4	Pakai kacamata
禁ㄐㄧㄣ水ㄕㄨㄟ Cin4 Suei3	Tidak boleh minum air
禁ㄐㄧㄣ食ㄕ Cin4 Se2	Tidak boleh makan
禁ㄐㄧㄣ服ㄈㄨ口ㄎㄡ服ㄈㄨ藥ㄧㄠ Cin4 Fu2 Kho3 Fu2 Yau4	Tidak boleh minum obat yang biasa diminum

德國麻疹 Te2 Kuo2 Ma2 Cen3	Cacar jerman
衛生局 Wei4 Seng1 Chi*2	Departemen kesehatan
你的近視太深， Ni3 Te1 Cin4 Se4 Thai4 Sen1	Minus mata kamu terlalu dalam ,
你需要配眼鏡。 Ni3 Si*1 Yau4 Phei4 Yen3 Cing4	Kamu harus pakai kacamata .